W0266114

„Jede Generation muss ihre Mission entdecken, sie erfüllen oder sie verraten.“

- Frantz Fanon

Vorwort Chris Moser

»***Was immer ein Mensch den Tieren antut, wird ihm mit gleicher Münze zurückgezahlt.***« Pythagoras griechischer Philosoph und Mathematiker (6. Jh. v. u. Z.).

Hallo, guten Tag!

Ich melde mich hier aus der sogenannten „Mitte der Gesellschaft“ - hätte mir vor 15 Jahren noch nicht gedacht, das mal zu sagen. Wie es ausschaut, ist die Idee von Tierrechten & Tierbefreiung tatsächlich endlich in der Mitte der Gesellschaft angekommen; da wollten wir ja auch hin, nicht wahr?

Vor 10 Jahren, 2007, war es ja - zumindest in Österreich - noch so, dass ich beispielsweise im Zuge einer fast zu braven Infodemo vor einem tierpelzführenden Bekleidungsgeschäft von drei Leuten verprügelt wurde. Angeknackste Nase und blaues Auge inklusive; die Nase fühlt sich heute noch immer komisch an.

Dann, im Frühsommer 2008, wurden wir um sechs Uhr früh von bewaffneten PolizistInnen überfallen.
Österreichweit gab es damals zeitgleich 23 Hausdurchsuchungen bei Aktiven der Tierbefreiungs-, Tierrechts- und Tierschutzbewegung.

An diesem Mittwoch, dem 21. Mai 2008, wurden nach den Hausdurchsuchungen 10 Personen verhaftet und in Untersuchungshaft überstellt.
Drei Monate sollte ich in Gefangenschaft bleiben, und zwar im Verdacht "... einer der Hauptakteure der militanten Tierrechtsszene..." (Zitat Polizeibericht) zu sein.

Es folgten ein 14-monatiger Gerichtsprozess und schlussendlich ein Freispruch für alle Angeklagten!

Heute leben wir in einer Zeit, in der es plötzlich nicht nur allgemein umfangreiche Literatur zu Tierrechten und Tierbefreiung gibt, sondern es diese Themen sogar in die sogenannte Unterhaltungskultur schaffen.

Mit diesem „kriminell veganen Entwicklungsroman" haltet ihr jetzt tatsächlich einen Krimi in euren Händen, in dem es thematisch um Speziesismus und Tierrechte geht - ich denke sowas wäre noch vor ein paar Jahren der Wunschtraum einiger weniger gewesen.

So könnte die vielzitierte „Mitte der Gesellschaft“ vielleicht ausschauen.
Nach (Rück)Schlägen, angeknacksten Nasen, blaugeschlagenen Augen, Hausdurchsuchungen, Verhaftungen und Gerichtsprozessen existieren endlich und tatsächlich (fiktive) Krimis, die sich mit Tierrechten befassen!

Ich durfte Auszüge aus dem vorliegenden Werk vorab lesen und freue mich sehr, dass dieses Buch endlich geschrieben wurde!

Danke Daniela; ich wünsche deinem Buch viele LeserInnen!

Über Chris Moser

Chris Moser arbeitet als Künstler, Autor und politischer Aktivist in Tirol, wo er zusammen mit seiner Frau und den drei gemeinsamen Kindern lebt.

Neben reger Ausstellungstätigkeit seit 1994, drei Monaten Untersuchungshaft 2008 und einem vierzehnmonatigen Prozess im Verdacht, ein führendes Mitglied der österreichischen ALF zu sein, hält er heute Vorträge, unter anderem an der Universität Innsbruck.

2012 erschien sein erstes Buch „Die Kunst, Widerstand zu leisten“ im Kyrene Literaturverlag.

2013 erschien „m.E. (meines Erachtens)“ im Kyrene Literaturverlag, 2014 der Bild- und Gedichtband „Galerie des Entsetzens“ in Kooperation mit dem Lyriker T. Hainer in der Schriftenreihe der Tierbefreier e.V.

2016 erschien im Kyrene Literaturverlag sein Buch „Viva la Rebellion - Ein Aufruf zum Widerstand!“.

www.radikalkunst.net

Prolog

Wenn hitzige Willkür und kühle Berechnung
ihre Stimmen auf die gleiche,
goldene Waagschale werfen, ist alles nur
Denkbare möglich.
Und nichts muss passieren.

Der Fuchs im Hasenstall

Mysteriöse Verbrechensserie setzt sich fort

München - die Reihe von kurzzeitigen Entführungen im Münchner Umland findet kein Ende. Alle bisherigen Ermittlungen laufen ins Leere. Die Polizei steht vor einem Rätsel.

Verwirrt sind sie. Meist schmutzig und etwas mitgenommen. Die Opfer der Entführungen, die sich seit einigen Monaten im Münchner Umland abspielen.

In den meisten der bekanntgewordenen Fälle wird ihr Auftauchen von Anwohnern gemeldet, denen die in verdreckten Klamotten und mit verfilzten Haaren orientierungslos umherstreifenden Menschen auffallen.
Die Heimgekehrten scheinen keinerlei Angst oder Wut über das an ihnen begangene Verbrechen zu empfinden. Bereitwillig begleiten sie die Polizei. Ihre Aussagen sind jedoch in keiner Weise hilfreich für die Lösung des Falles.

Polizei und Behörden fahnden weiterhin im Dunklen.

Das bis zu diesem Zeitpunkt noch ausstehende Statement der Presse gegenüber lässt nur den einen Schluss zu: Die Ermittlungen scheinen auf dem momentanen Status zu stagnieren.

Bitte bleiben Sie wachsam und melden Sie Fälle schnellstmöglich bei der nächstliegenden Polizeistelle.

Wir werden sie weiterhin über sämtliche neugewonnenen Erkenntnisse informieren.

dms

Teil 1

Große Schuld verschont auch die Unwissenden nicht

1

Ich bin ein einfacher Mensch. Ein Durchschnittsbürger, wenn man so will.
Geboren und aufgewachsen bin ich in einer süddeutschen Reihenhaussiedlung mit roten Schindeldächern und winzigen, liebevoll gestalteten Vorgärten, mit selbstgebastelten Salzteig- Namensschildern, verziert in Grün und Gelb, die an jeder Hauswand prangten. „Hier lebt, liebt und streitet Familie Müller“ oder „Hier toben Tobias und Matthias“.

Einer dieser Vororte, in denen man den Postboten noch beim Namen kannte und ihm die Hand schüttelte, wenn man ihm zur Weihnachtszeit ein Trinkgeld und eine Tüte selbst gebackene Plätzchen überreichte.

In denen man seine Nachbarn nicht nur mit einem Nicken kurz grüßte, oder hin und wieder einen kurzen Schwatz über den Zaun hielt. Nein. Nachbarn waren Freunde. Man achtete zur Urlaubszeit auf ihre Häuser, wässerte ihre Blumen und lud sie zu Geburtstagsfeiern und Jubiläen ein. Oder auch nur auf Kaffee und Kuchen und Klatsch.

War man nicht immer einer Meinung oder kam mit der Lebensgestaltung des einen oder anderen nicht zurecht, nahm man das hin. Und stand sich trotzdem bei, wenn Not am Manne war.

Gekrönt wurde diese tiefe Verbundenheit mit einem jährlichen Straßenfest, das alle gemeinsam begingen. Den ganzen Nachmittag und bis tief in die Nacht hinein. Und ja, so manches Mal auch bis der nächste Morgen graute, wurde gemeinsam gegrillt, getrunken und gelacht.

Niemals, in all den Jahren meiner Kindheit und Jugend, geschah etwas, das diesen Zusammenhalt gefährdet hätte.

Alle fühlten sich aufgehoben und wohl so wie es war. Unsere ganz eigene kleine heile Welt.

Aufgewachsen im Frieden.

Aufgewachsen in Freiheit.

Weit, so weit entfernt von der Welt wie sie heute ist. Vor den Zeiten von Laptops, internetfähigen Handys und Konsolen spielten wir mit echten Menschen und mit allem, was die Natur uns zur Verfügung stellte. Nach der Schule und dem Mittagessen konnten wir es kaum erwarten, erledigten die Hausaufgaben so schnell wie nur eben möglich und dann, hinaus!

Rauf auf die Räder und raus in den Park und den Wald und auf die Felder. Raus in Richtung Abenteuer.

Schnell fanden sich alle zusammen und es gab immer ein Projekt, an dem wir gerade tatkräftig werkelten. Waldmenschen waren wir. Wir schufen uns eine eigene, aufregende Welt.

Ein gut getarnter Unterschlupf im Dickicht, ein Damm, der den ursprünglichen Lauf des Flusses umleiten sollte, ein Floss aus dicken Ästen und allerlei Grünzeug – es gab nichts, das spannender gewesen wäre!

Wir fielen von Bäumen und plantschten im Wasser, bis wir abends pitschnass, müde und dreckig nach Hause schlurften, um uns die Schelte für die ruinierten Klamotten abzuholen und Pflaster auf unseren aufgerissenen Knien zu verteilen.

Hin und wieder pfiff eine aus Angst und Sorge über unsere Wildheit entstandene Backpfeife durch die Luft und hinterließ einen hellroten Fleck auf unseren erhitzten Gesichtern - der noch pochte, wenn wir längst selig träumend in den Federn lagen. Wir waren glücklich.

Vor meinem inneren Auge kann ich uns heute noch sehen. Wie wir auf den Wiesen und Wegen Kastanien sammelten und verstohlen den Mädchen zusahen. Die saßen in ihren bunten Kleidern auf dem Rasen, flochten Blumenkränze und hatten dabei immer etwas zu kichern.
Erst heute ist mir klar, wie unbeschwert wir waren. Fröhlich bunte Kindergeburtstage mit liebevollen Großeltern, es wurde gegessen, was auf den Tisch kam und sonntags ging man in die Kirche, komme was da wolle.

Die ganze Familie saß abends gebannt vor dem Fernseher. Als die Mauer fiel. Wie die Menschen im Osten dankbar und weinend mit ihren Trabbis in der Schlange standen, um in den Westen zu gelangen. Das war der Erste dieser Momente. Dieser weißt-du-noch-wo-du-warst-als Momente meiner Kindheit. Meines Lebens. Der erste bleibende Eindruck, an den ich mich erinnern kann. Wie wir in unseren jungen Jahren zu begreifen versuchten, was dort gerade passierte.

Dazu muss man sagen, wir waren keine politische Familie. Politik fand nur insofern statt, dass unsere Eltern zur Wahl gingen, wenn sie es mussten. Wen man wählte, verriet man nicht. Damit hatte es sich. Viele Jahre lang habe ich mit allerlei Tricks und Raffinessen versucht, dieses Geheimnis zu lüften, das sie so sorgsam bewahrten. Doch was ich auch tat - sie verrieten es mir nicht.

Mein Gedanke, dadurch eine Diskussion über die aktuelle Politik und ihre Meinung dazu heraus zu finden, wurde niemals Realität. Es gab wohl keinen Haushalt, in dem das Wahlgeheimnis so eisern und unumstößlich gewahrt wurde wie bei uns.
Das ist bis heute so.

Als sich die Grenze öffnete, war es für unseren Geschichtsunterricht noch etwas zu früh. Dadurch war der Eindruck der Geschehnisse auf uns umso stärker. Diese Menschen waren gefangen in ihrem eigenen Land? Das auch unser Land war? Sie durften nicht verreisen, mussten tun, was ihnen befohlen wurde? Den Staat fürchten? Beschränkungen, wie sie mir bis dahin niemals begegnet waren.

Ich fiel aus allen Wolken. Mit neun Jahren wurde mir zum ersten Mal bewusst wie gut und frei mein Leben war.

Eine herrliche Zeit, die viel zu schnell verging. Wir wurden älter. Die Haare bunter und verfilzter, die Klamotten wilder und zerrissener. Wir rauchten heimlich und schlichen uns davon. Schworen uns ewige Freundschaft und verloren uns dann.

Das Leben begann.

Es geschah, was immer geschieht. Man geht auf verschiedene Schulen, wählt einen beruflichen Weg - die einen ziehen weg. Die anderen bleiben. Alles ändert sich.

Und die Zeiten taten es auch.

Das Internet hielt Einzug. Computer wurden zu einem relevanten Teil des Arbeitslebens. Die Technisierung unserer Gesellschaft schritt mit großer Geschwindigkeit voran.

Hatten wir ehemals noch unsere Songs aus der Freitagshitparade vom Radio auf Kassette aufgenommen (wer erinnert sich nicht an die ausgestoßenen Flüche, wenn der Moderator das neue Lieblingslied nicht komplett spielte und stattdessen das Ende mit Werbung übertönte!), waren mit Walkmen unterwegs, die bald zu „Discmen" wurden. Alsbald wechselten wir zu Handys, mit Ohrstöpseln die so klein waren, dass man sie ohne weiteres verlieren konnte.

Fasziniert und begeistert nahmen wir, nun volljährig, die neuen Formen der Kommunikation an. Wir verloren uns tagelang in Foren und Chats. Bald vergaßen wir zu staunen über jede Neuheit, die uns geboten wurde. Die Schlagzahl neuer Erfindungen stieg derart an, dass wir unfähig waren, uns weiter zu ereifern.

Die Zeiten der Unschuld waren vorbei.

Etwaige Reste des kreativen, freien, raufenden, rennenden Waldkindes wurden spätestens mit dem (viel zu frühen) Eintritt ins Berufsleben unauffindbar.

Die leisen Vorzeichen während der ersten Semester an der Universität, der Wettbewerb um die beste Note, die aufregendste Präsentation oder die ganz große Idee, wurden zum Studienende Gewissheit, als wir begannen, uns für den ersten Job zu bewerben.

Es mag viele Berufe geben, in denen das human abläuft, sich jeder für den Studienkollegen freut, der eine Stelle ergattert und man gemeinsam die vergangene schöne Zeit betrauert. Ich kann nur sagen - in der Welt des Marketings ist alles vollkommen anders.

Die faszinierende Welt der Werbung.

Aufregend, bunt, und niemals langweilig. So hatte ich mir das vorgestellt. Ich wurde eines Besseren belehrt.

Nun ging es nicht mehr um das Wohl jedes Einzelnen und der Gruppe als Besonderes.

Keine Demokratie stimmte einheitlich über das weitere Geschehen ab. Keine überschäumenden Diskussionen zur Lage der Sache. Nein.

Hier war sich jeder selbst der Nächste.

Überrascht von der vorherrschenden Aggressivität, die mich unvorbereitet traf, merkte ich bald, dass ich mich behaupten musste, wenn ich nicht untergehen wollte. Und das wollte ich sicher nicht!

Im Gegenteil. Wie jeder andere gierte auch ich nach meinem Stück vom Kuchen. Meinem Platz an der Sonne. Wollte ganz nach oben. Jemand sein. Und dazu war mir bald jedes Mittel recht.

Ein einziges Hauen und Stechen und im krassen Kontrast dazu meine friedliche Kindheit. Die verblasste vor meinem inneren Auge wie ein zu oft gelesenes Kinderbuch, von vielen ungeschickten Kinderhänden verblichen, zerdrückt und verschlissen. Mein Alltag bestand nicht nur aus der Leistung, die zu erbringen war. Auch Verleumdung und Absprachen, Komplotte und Lügen, gehörten nun dazu.

Jede Waffe, zu der ich griff, hatte ihre Berechtigung, wenn sie nur dem einen Zwecke dienlich war.

Alle anderen auszustechen und mein nächstes Ziel zu erreichen.

Größer – höher – schneller – weiter!

Wer nicht mithalten konnte, hatte schon verloren. Derart gnadenlos verteidigte ich meinen Rang nach allen Seiten hin, dass ich mein Leben als solches kaum mehr wahrnahm. Aus der arglos vergnügten Kinderseele, keine Gedanken verschwendend über das Hier und Jetzt hinaus, war eine Art Arbeitsroboter geworden.

Allzeit bereit und minutiös durchorganisiert.

Ex machina.

Morgens um 5 klingelte der Wecker unerbittlich. Auf zum Sport für ein tadelloses Aussehen, duschen und um 7 Uhr als Erster in der Firma und dann Gas gegeben, nur um abends als einer der Letzten (und vor allem nach den Chefs) das Gebäude zu verlassen. Nach Hause. Erschlagen ins Bett zu fallen und am nächsten Tag das Ganze von vorne.

Und, als wären fünf Tage nicht genug, an den Wochenenden dann die nächste Hast. Die Jagd nach dem neuesten, schicksten und meist auch teuersten Anzug, der besten Party im angesagtesten Club, der heißesten Frau, die zu finden war.

Wer erlebt das größte Abenteuer? Wer ist der Extremste? Wer bekommt sie alle und alles?
Wie im Fieber.
Wie im Wahn.
Unheilbar gefangen in einem Strudel aus Macht und Geld und Gier und Ruhm.
Man kann es lange so treiben.
Viel länger, als ich gedacht hätte. Die Aufregung, der Erfolg pushen einen immer weiter - das Adrenalin hält einen aufrecht und aufgedreht. Man kann ein Leben verbringen auf diese Art. Will es auch nicht anders.
Wer einmal vom süßen Nektar des Erfolgs gekostet hat, will ihn nicht wieder missen.
Ich war bereits mit Anfang dreißig auf einem Level, das andere niemals erreichen werden.

Und stolz auf mich. So stolz.

So ging ein Jahr ins Land.
Zwei, drei, vier.
Ich stieg auf, verdiente mehr als ich ausgeben konnte, auch wenn ich mein Bestes tat.
Jeden Morgen stieg ich in mein beeindruckend teures Auto, fuhr zur Arbeit, tat was getan werden musste, und fuhr am Abend zurück. Nichts, was mein mechanisches Leben störte.

Bis zu diesem einen Tag im Herbst.

Es war einer jener Tage, an denen man bereits morgens merkt, dass man nicht im Takt zu laufen scheint mit dem Universum.
Wenn man für alles länger braucht als üblich, die Dinge an den falschen Stellen liegen und einem nichts von der Hand geht. An denen der Vorgänger beim Bäcker das letzte gute Sandwich kauft, die Kaffeemaschine gerade repariert wird und an der Tankstelle eine unerklärbar lange Schlange verhindert, dass man pünktlich zur Arbeit erscheint.
Ist man so gut organisiert wie ich, sind solche Tage selten. Dieser spottete jedweder Beschreibung.
Als es endlich vollbracht war, hetzte ich mit vollem Tank zur Kasse, um der Zeit noch ein paar kostbare Sekunden abzuringen. Wenn ich auch wusste, dass die Elemente deutlich gegen mich arbeiteten, so hatte ich dennoch nicht aufgegeben.
Bis es mit einem Mal einen markerschütternden Knall tat!
Wie erstarrt blieb ich stehen und blickte auf eine alte, geknickt wirkende Dame mit schlohweißem Haar, die vor mir stand. Ihren Gehstock fest in der Hand, der sich in der Spalte der Tür verhakt haben musste.
Gegen diesen war ich gerannt.
Mein Bein brannte wie Feuer. Während ich noch darüber nachdachte, wie es möglich war, dass der Stock meinem Tempo Stand gehalten hatte, drehte die Dame ihren Kopf in

meine Richtung. Sie stutzte, ihre Augen verengten sich zu bedrohlich schmalen, dunklen Schlitzen, die schlaffe Haut um ihre Nase kräuselte sich angeekelt. Aus ihrem Mund ertönte ein heiseres Krächzen. Dann husten. Gemurmel. Und dann nichts mehr.

Himmel!

Entschuldigend murmelte ich ein paar nette Worte, tätschelte ihre Schulter und umrundete sie dann, um mich schleunigst aus der Situation zu befreien.

Es war Zeit.

Ab zur Kasse und weiter.
Doch es sollte sich nicht bessern. Kaum vor der Arbeit angekommen, offenbarte sich das nächste Dilemma. Der übliche Weg zur Tiefgarage der Angestellten war versperrt von einer wilden Horde demonstrierender Weltverbesserer.

Überall und kunterbunt verteilt waren sie. Mit ihren Plakaten, Gesängen und Flyern. Wohin man auch blickte, eine Menschenmasse die ihresgleichen suchte. Wo waren die alle nur auf einmal hergekommen? Aus welchen verdammten Löchern waren die gekrochen? Nicht aufregen. Ruhig aber bestimmt agieren.

Hupend versuchte ich, mir den Weg zu meinem reservierten Platz frei zu kämpfen.

Vollkommen sinnlos.

Das Getöse, das ich veranstaltete, ging in dem ihren vollständig unter. Ich gab auf. Dann wird eben heute auf der Straße geparkt. Die Zeiger auf meiner Uhr schritten mit erbarmungslos quälendem Ticken vorwärts und ich konnte es mir nicht leisten, zum anstehenden Meeting auch nur eine Sekunde zu spät zu kommen.

Schnell suchte ich mir einen passenden Platz. Ich pfiff auf die Möglichkeit eines Strafzettels und bahnte mir vorsichtig meinen Weg durch die brodelnde Menge.

Worum es eigentlich ging? Um Chancengleichheit für Frauen am Arbeitsmarkt? Um die Tierversuche in der Kosmetikindustrie? Um gewerkschaftliche Rechte? Ehrlich gesagt, es kümmerte mich nicht.

Alles woran ich denken konnte, war der Augenblick. Die Tatsache, dass ich nicht vorhatte, mir meinen jahrelang hart erarbeiteten Ruf von diesem einen, warum auch immer so konfus verlaufenden Morgen ruinieren zu lassen.

Diese Spinner! Wenn sie die Energie, die sie in das Malen ihrer Bilder und das Singen und Skandieren ihrer Forderungen investiert hatten, in tatsächliche Arbeit stecken würden! Wie viel mehr könnten sie erreichen!

Doch was regte ich mich über das verschwendete Potential dieser missgeleiteten Menschen auf, wo ich doch nicht einmal sicher sein konnte, dass überhaupt welches vorhanden war.

Trotz all des Chaos und Durcheinanders musste ich jetzt doch grinsen ob meiner Bosheit. Was solls, ich konnte es mir erlauben. Da! Endlich! Die Tür war im Blick. Ein Glück - jetzt noch ein paar Meter durch die aufgeregte Meute und ich hatte es geschafft.

Zielstrebig peilte ich sie an, wie die drei Heiligen Könige den Stern, der sie durch die Wüste führte. Der letzte Meter, der letzte Demonstrant. Und dann, endlich! Den Finger auf den Knopf und endlich das ersehnte grüne Leuchten und Knarzen des Türöffners! Gerade noch rechtzeitig. Nun konnte es endlich losgehen!

Das war der letzte Gedanke und das letzte Gefühl, an das ich mich erinnere.

***

Wie verzerrt sein Gesicht doch war, als er da so hilflos vor ihr lag.
Wie ein kleines Kind, das böse Träume träumt.
Er musste viele Sorgen haben, ja - das schlechte Leben, das er führt, zehrt an ihm. Das sah man ganz deutlich.
Versonnen musterte sie den Mann auf dem Boden vor ihr in seiner ganzen traurigen Gestalt, als ein kräftiger Ruck an ihrer Schulter sie je aus ihren Gedanken riss.
„Hey!“
„Sag mal, was machst du da so lange?“

„Wir wollen hier doch keine Wurzeln schlagen, nicht dass uns am Ende noch jemand bemerkt!"

Irritiert blickte sie auf, direkt in die vor Aufregung geweiteten Augen ihres Mitstreiters. „Komm schon - hoch mit dem Kerl und ab dafür." „Wer weiß schon wie lange dieses Theater hier noch anhält."
Sprachs und schob sich an ihr vorbei, griff sich den Ohnmächtigen und hob ihn nach oben. „Du nimmst die andere Schulter, und wenn einer fragt, dann hat der Gute sich etwas zu sehr aufgeregt, sich vor lauter Enthusiasmus für die gute Sache sein eigenes Plakat über die Rübe gehauen und wir bringen ihn jetzt nach Hause. Soweit alles klar?"

Mit diesem groben Satz legte er ihr den Arm des Mannes über die Schulter, setzte ihm eine Kappe auf, und los ging es durchs Getümmel der Demonstration.
Über die Straße und um die Ecke, wo ein unauffälliger, grauer Lieferwagen einer ortsansässigen Wäscherei bereits mit laufendem Motor auf das merkwürdige Gespann wartete.

Als sich die Tür mit einem leicht rostigem „Ratsch" öffnete, erschrak sie ein wenig, obwohl sie doch ganz genau wusste, was passierte und wozu sie hier waren.

Sogleich erschienen mehrere hilfreiche Hände, um den Benommenen in das dunkle Innere des Wagens zu ziehen.
Es musste die Angst vor der eigenen Traute sein, die sie ein wenig überraschte.

„Schnell - komm jetzt!“
„Wir müssen los!“
Rief es aus mehreren Richtungen drängend.
Gehetzt sprang sie ins Fahrzeug, die Tür fiel ins Schloss und los ging die Fahrt.
Immer schön langsam.
Immer schön normal.
Bloß nicht auffallen war die Devise. Mucksmäuschenstill verhielten sie sich hinten im Laderaum, während vorne der Fahrer, getarnt mit einem Shirt der Wäscherei, in ausgeleierten Jeans und alten, abgelatschten Turnschuhen, gespielt vergnüglich die Melodie der Lieder aus dem Radio nachpfiff. Mit Zigarette im Mundwinkel tuckerte er an der Demonstration, der Polizei und den Absperrungen vorbei.

An einer der gesperrten Kreuzungen, bei der es zu einem kleinen Stau kam, beugte er sich aus dem Fenster. Die Fluppe hing so weit herab, dass sie drohte jeden Moment heraus zu fallen, als er dem gestressten Ordnungsbeamten entgegenrief:
„Kollege!“
„Ja du!“

„Sag mal, wie lange soll denn der Zauber hier noch dauern?"
„S´gibt Menschen die haben was zu arbeiten, und meinem Boss is es ganz egal was hier los is, raten sie mal wer das abkriegt, wenn ich hier ewig brauche?"
„Jaja, nicken und winken, nicken und winken, das können sie was?"
„Jaja, du mich auch!"
Murmelnd und grummelnd setzte er sich wieder hinters Steuer.

Er zündete sich einen neuen Glimmstängel an und seufzte „Immer das Gleiche. Dein Freund und Helfer." Dann drehte er sich mit einem verschmitzten Grinsen auf dem Gesicht zu den vor Nervosität zitternden Gestalten hinter ihm um.
„Um den brauchen wir uns keine Sorgen mehr zu machen Freunde, der will mich nur loswerden - sonst nichts." Ein keckes Zwinkern krönte sein kleines Spiel, doch statt Applaus erntete er nur genervtes Stöhnen.
„Das du nicht einfach nur fahren kannst, immer musst du so einen Aufstand machen - das bringt uns irgendwann in Teufels Küche!"
„Ach komm, es ist doch gut gelaufen."
„Seine verdrehten Augen sehe ich bis hierher, der macht drei Kreuze, wenn ich weg bin, von Verdacht keine Rede."
„Uh, es geht weiter!"

Vor ihm löste sich die unfreiwillig angestaute Autokolonne langsam wieder in einzelne Fahrzeuge auf.

Der Verkehr floss elegant und geordnet vor sich hin und ehe sie sich versahen, waren sie auf der Bundesstraße Richtung Norden.
Nun ging die Reise zügig voran. Schon wenige Stunden später erreichten sie ein unüberschaubares, großes Waldgebiet.
Kilometer um Kilometer ging es ab der Abfahrt tiefer in den Wald hinein. Die Bäume standen dichter und dichter, der Tag verdunkelte sich.

Endlich erreichten sie die geheime Einfahrt, die, lediglich durch ein kleines Stück blauen Stoffes an einem Baum gekennzeichnet, Linkerhand matschig und schlammig vor ihnen lag.
Mittlerweile war fast ein kompletter Tag verstrichen und alle waren im Laufe der Zeit etwas schläfrig geworden. Trotz all der Aufregung und dem unbequemen, metallenen Koffer auf dem sie saß, gelang es auch ihr kaum noch, die Augen offen zu halten.

Während das Gefährt und seine Ladung gemächlich über die wurzeligen Waldwege zuckelten, hier und da ein Ast den Wagen streifte und der Tag sich langsam zur Nacht neigte, musste sie darüber nachdenken, wel-

che verschlungene Pfade sie es dazu gekommen war, dass sie hier und heute an dieser Stelle war.

Sie hatte ein ganz normales, fast banales Leben gelebt.
Tag ein Tag aus, das immer gleiche Spiel.
Sie unterschied sich von allen anderen nur in der Intensität des von ihrem eigentlichen Selbst gelösten Automatismus.

Eat. Work. Sleep. Repeat.
Robotergleich, wenn auch mit einem leichten Zögern, verursacht vom letzten inneren Aufbegehren gegen das sinnlose Verschwenden wertvoller Lebenszeit, entstieg sie jeden Morgen zur selben Zeit (halb sieben) ihrem warmen, weichen Bett.
Hielt sitzend inne, um sich durch die nachtverstrubbelten Haare zu fahren und den Morgengruß der bereits hungrig maunzenden, maulenden Katze betont freundlich zu erwidern.
„Dir auch einen wunderschönen Morgen, mein Schatz."
Seufzend dem Tag entgegen. Eilig die Futterdose geöffnet und deren Inhalt dem Tiger auf seinem Teller platziert.
Den Kessel auf den Herd, Kaffeepulver und Zucker in die Tasse. Den Wasserboiler im Bad frühzeitig anstellen (in der oft unerfüllten Hoffnung auf eine warme Dusche).

Die erste Zigarette von vielen auf dem Rand der Wanne.
Ein Schluck Kaffee.
Zwei.
Drei.
Und dann los.
Aufraffen.
Duschen und waschen und schminken. Als sie die Haustür arglos öffnete, schlug sie die mit berstender Wucht hereindrängende Hitze fast k.o.
Draußen eine Welt voller Sonne, Freude und Leichtigkeit.
Ignorierend was falsch lief in der Welt, und das ganze Unrecht, welches Sekunde für Sekunde überall und weltweit geschah.
Wie albern das doch wahr.
Ringend um Luft, wurde ihr an diesem Tage eines klar.
So konnte es nicht weitergehen.

Bereits als kleines Kind war ihr bewusst, dass sie nicht so recht in die Vorstellung ihrer Eltern passen wollte. Auch wenn ihre auffällige Sensibilität und der Drang, jedes auch nur so kleine Lebewesen zu schützen oder zu retten vorerst noch mit dem bekannten, entrückten Schmunzeln der Eltern über ihr ach so niedliches Kind bedacht wurde.
Doch es gibt immer einen Moment, in dem sich alles dreht.

Für sie geschah es im Sommer, sie war vielleicht sieben oder acht Jahre alt und spielte mit ihren Geschwistern im Garten. Gerade noch hüpften sie umher, begeistert von der Entdeckung einer unglaublich umfangreichen Ameisensippe, die Arbeiterkarawane beobachtend. Die schlängelte sich von der Beute, dem verlassenen Grillplatz des vorangegangenen Abends, bis hin zu einem winzigen Loch in den Fliesen kurz vor der Hauswand. Emsig transportierten die fleißigen tiefschwarzen Tierchen, so viel sie nur tragen konnten.

Es war einfach unglaublich schön anzusehen. Gemeinsam liefen sie die Kette entlang, die die Tiere gebildet hatten, um das eine Ende zu suchen, dann zurück um zu sehen wohin das andere führte.
Sie rannten ins Haus für eine Lupe, um alles noch genauer betrachten zu können. Das ließen sie dann sein, als ihnen gesagt wurde, wie gefährlich das für die Tiere war. Stundenlang waren sie komplett aus dem Häuschen und voller Bewunderung für die Natur und die Vielfalt, die sie hervorbrachte. Bis ein Nachbar schimpfend das Feld betrat.

Ohne zu zögern stieß er die Kinder zur Seite und trampelte jedes der hilflosen Lebewesen platt, das seinem unerwarteten Angriff nicht schnell genug entkommen konnte.

Während die Geschwister mit offenen Mündern und Tränen in den Augen nicht glauben konnten, was da gerade geschah, nahm der Nachbar eine Dose Gift und sprühte es, über das ganze Gesicht diabolisch grinsend, in den Ameisenbau und auf jede der orientierungslos herumirrenden Kreaturen.
Die dem Tode geweihten krümmten sich und wanden sich unter höllischen Schmerzen, bis das Leiden endlich ein Ende hatte.
Zufrieden mit seiner Arbeit und dass er es „den Biestern gezeigt habe", schritt der Nachbar von dannen. Zurück blieben entsetzte Kinder.

Verstört und weinend rannten sie zu ihren Eltern und erzählten, was soeben geschehen war. Welches Unrecht, welche Brutalität.

Le-be-we-sen

Substantiv (das)

Ein lebender Organismus mit einer oder auch zahlreichen Zellen. Pflanzen, Tiere und Menschen sind Lebewesen.

Wie konnte er nur?
Gute Eltern, die sie waren, nahmen sie ihre traurigen Kinder in die Arme und trösteten sie, obgleich sie sich zur selben Zeit ein kleines Lächeln nicht verkneifen konnten.
Für sie waren die Ameisen eben auch nur Ungeziefer.
Etwas, das man nicht im Haus haben wollte, und wären sie an der Stelle des Nachbarn gewesen, hätten sie vermutlich ähnlich gehandelt.
Aber waren ihre Kinder nicht zuckersüß und ihre Herzen so groß?
Die Eltern tauschten stolze Blicke.
Ihre Schöpfung.
Der Spross ihrer Liebe.
Ein Spross, der sich im Laufe der Jahre zu einem picksenden Dorn auswuchs.

Was einst als kindlicher Überschwang gewertet wurde, blieb dem Teenager erhalten.
Die Empathie, diese wundervolle Eigenschaft, die sie in solch hohem Maße besaß, gewann Jahr für Jahr mehr an Intensität.
So wurde aus dem niedlichen, blondlockigen kleinen Mädchen ein rebellierender Teenager, der seine armen, spießbürgerlichen Eltern mit allerlei Unarten quälte.
So empfanden sie es zumindest.

Em -pa-thi-e

Substantiv (die)

Die Fähigkeit und die Bereitschaft, Empfindungen, Gedanken, Emotionen, Motive und Persönlichkeitsmerkmale eines anderen Lebewesens - egal ob menschlicher oder tierischer Natur - zu erkennen und zu verstehen.

Das Kind wollte von einem Tag auf den anderen kein Fleisch mehr essen.
Das Kind mag meinen Kuchen nicht mehr.
Das Kind geht auf Demonstrationen.
Das Kind trägt seltsame Klamotten.
Was haben wir nur falsch gemacht?

Dass es an ihnen nicht lag, sondern an der Welt und dass diese so wie sie ist nicht immer richtig ist, darauf kamen die Eltern nicht.
Und so geschah es, dass sie sich auf eigene Wege machte, sobald es ihr möglich war.
Was sie zu Hause nicht fand, suchte sie anderorts: Verständnis und Menschen, die ebenso sensibel waren wie sie und unter dem Bösen, das in der Welt geschah, genauso litten.
Menschen, die tickten wie sie, dachten wie sie und mit denen sie sich austauschen konnte.
Sie stürzte sich mit all ihrer Energie in den Aktivismus für Tierrechte, in der Hoffnung, etwas Ausrichten zu können.
Schrieb ellenlange Leserbriefe, unterzeichnete Petitionen, schrie sich auf Demos die Kehle aus dem Leib, tat was ihr nur möglich war.

Doch am Ende jeder hoffnungsvollen Idee stand all zu oft die Kapitulation.
Nach ein paar Jahren war sie so ausgelaugt, dass sie bereits darüber nachdachte die

Sache aufzugeben. Sie pausierte eine Zeit. Kümmerte sich um ihr Fortkommen in der Arbeit, und das recht erfolgreich.
Pflegte Beziehungen und fuhr in den Urlaub.
Entdeckte viel Neues und hatte Spaß.
Es war ein gutes Leben, immer genug Geld, immer etwas zu tun.
Gute Freunde, Unbeschwertheit.
Doch das hielt nicht lange an. Wenn es etwas gibt, das man nicht lange verleugnen kann, dann ist es die eigene Persönlichkeit.
Nach und nach kamen die alten Gedanken und Gefühle zurück. Das Bewusstsein, nichts tun zu können, obwohl man müsste, machte ihr mehr und mehr zu schaffen.

Doch der Weg, den sie früher gewählt hatte, war nicht von Erfolg gekrönt gewesen.
Sie überlegte hin und her, wie sie aus der Misere des „normalen" Lebens, das sie nicht lange ertragen konnte, und den erfolglosen anderen Versuchen etwas in der Welt zu ändern, entkommen konnte.
Lange Zeit schien sich keine Lösung finden zu lassen.

Es war fast schon aussichtslos.
Und insgeheim bereitete sie sich darauf vor, wohl niemals in ihrem Leben wahre Zufriedenheit zu empfinden.
Bis sie auf einem Treffen mit Freunden aus ihrer aktiven Zeit angesprochen wurde.

Der junge Mann erzählte interessante Dinge, nicht zu viel, er tat recht geheimnisvoll mit seinem Wissen.
Doch sie hörte zu.
Und war interessiert.
Es schien noch andere Wege zu geben, als die, die sie bisher beschritten hatte.
Entschlossen traf sie sich schließlich nach kurzem Zögern mit den Menschen, von denen er so begeistert gesprochen hatte.
Das war schon zwei Jahre her. Wie die Zeit doch vergeht, dachte sie. Es quietschte.
Der Wagen stoppte.
Sie hatten ihr Ziel erreicht.

Teil 2

Während alle Blicke auf dem Geschehen ruhen, scheint die Zeit still zu stehen.

2

Brummen in meinem Schädel, brummen um mich herum. Wie tausend wild gewordene Bienen summte es, alles um mich herum waberte in tiefstem Schwarz. „Was zum!“ Verwirrt griff ich mir an meinen schmerzenden Kopf. Das heißt, ich wollte es. Doch als ich die Hand heben wollte, gelang mir das nicht.

Try again. Es musste mich schwer erwischt haben. Jedes Glied in meinem verkrampften Körper schrie gequält auf. Es dauerte eine ganze Weile bis mir bewusst wurde, dass es nicht an meinen Verletzungen lag, dass ich nicht in der Lage war meine Hand zu heben.

Vielmehr war dies dem Umstand geschuldet, dass ich gefesselt zu sein schien. Wo war ich? Im Krankenhaus? Doch warum diese Finsternis?

Die andere Hand schien frei zu sein, und das nutzte ich, tastete mich langsam und vorsichtig ab. Der Grund für meine eingeschränkte Beweglichkeit war ein Seil - ein Strick viel mehr - der, fest um mein Gelenk gezurrt, dafür sorgte, dass ich dort blieb, wo ich war.

Ich tastete meine Umgebung ab, bis zu einem Pfahl, der im Boden befestigt war. Und der Boden selbst?

Sandig, grob und steinig. Nun war klar, dass es keine Klinik war, in der ich mich befand.
Kein Krankenwagen.
Kein Arzt.
Nur Dunkelheit.

Mein Herz pochte. So schnell und hart, dass ich Angst hatte, es würde mir die Brust sprengen. Wäre es mir nicht schon Dunkel vor Augen gewesen, spätestens mit dieser Erkenntnis wäre es jetzt soweit gewesen.

Panik.

Erfasste mich und drückte mir die Luft ab. In meinem Kopf die Gedanken – sie purzelten wie wild geworden durcheinander. Auf und Ab, hin und her. Wenn der Geist nicht begreifen kann, was dem Körper geschieht, wird alles bisher Erlernte auf den Kopf gestellt.

Einmal - vor vielen Sommern, wäre ich beinahe ertrunken.

Ein Tag im Juni.
Ich, damals erfolgreiches Mitglied in einem örtlichen Schwimmverein, sah das Wasser als mein Element. In dem ich mich pudelwohl fühlte.
Keine Sorgen, keine Angst. Gerade tauchte ich eine Bahn um offenen Auges nach einem Gegenstand zu suchen, der sich irgendwo auf dem Boden des Beckens verstecken musste.

Über mir Wellen der Bewegungen anderer Schwimmer. Hin und wieder ein blitzender Sonnenstrahl. Doch alle Geräusche drangen nur gedämpft zu mir durch.

Um mich herum nur Ruhe.
Wellen.
Friede.

Alsbald war das Fundstück gesichert, doch wie ich mich anschickte wieder zur Oberfläche zurückzukehren, traf mich plötzlich ein harter Schlag. Als ich wieder zu mir kam, strudelte ich benommen durch das feuchte Nass. Das letzte Quäntchen Luft war mir beim Erwachen vor Schreck entkommen - die Blasen, die aus meinem Mund strömten, verhöhnten mich blubbernd.

Angestrengt versuchte ich, mich zu konzentrieren. Fixierte das hell leuchtende Oben und schwamm darauf zu.
Autsch!

Was ich fälschlicherweise für die Wasseroberfläche gehalten hatte, war gefliester und äußerst massiver Boden. Was, wenn ich jetzt sterbe?

Der Gedanke schoss mir durch den Kopf, als mich meine Kräfte verließen.
Halt! Nein! Doch jetzt noch nicht! Mit letzter Kraft riss ich mich am Riemen um die drohende Ohnmacht zu verhindern - griff an den Boden, der mir gerade derart übel mitgespielt hatte und drehte mich in die entgegengesetzte Richtung.
Stieß mich, so kräftig es mir eben noch möglich war, ab - und tauchte schließlich keuchend und prustend wieder auf.

Atemlos.
Unter Schock.
Aber am Leben.

Wie sich später herausstellte, dachten alle Umstehenden, ich würde trainieren.

Wie lange ich unter Wasser war, und wie nah dem Tode, das war niemanden aufgefallen. Noch nicht einmal dem Jungen, der mich bei

seinem waghalsigen Sprung vom Beckenrand aus getroffen hatte.
Inmitten von hunderten Besuchern wäre ich einfach so ertrunken.

Dieses Gefühl der Hilflosigkeit, des ausgeliefert seins, und wie es sich anfühlt, wenn Gevatter Tod bereits seine langen, dürren Finger nach dir ausstreckt, das habe ich mein Leben lang nicht vergessen. Genau so fühlte sich dieser Augenblick an.
Damals war ich dem Sensenmann gerade noch einmal von der Schippe gesprungen.
Würde er heute ernst machen?
Sollte heute mein Todestag sein?
Doch der Überlebenswille des Menschen ist stark – und meiner im ganz Besonderen.
Mir war klar, dass ich mich jetzt nicht hinein fallen lassen durfte in dieses Gefühl. Das ich bei Bewusstsein und so klar wie möglich sein musste, um diese wie auch immer geartete Situation zu meistern.

Zu überleben. Ging es darum? Reiß dich zusammen! Du bist taff und du bist stark! Lass dich nicht unterkriegen.
Du wurdest überrascht, aber du bist besser!
So sprach ich mir selbst Mut zu. Wohin ich hier auch geraten war, ich musste das Beste daraus machen. Gut. Konzentration.
Schritt für Schritt vorgehen.

Das Erste was ich tat, war mit der verbliebenen Hand zu prüfen, wie es um meinen Körper im Allgemeinen so stand. Es schien, als wäre ich bis auf den schmerzenden Kopf verletzungsfrei.

Ich trug die gleichen Klamotten, die ich mir morgens selbst angezogen hatte, und das einzige Handicap, das ich zu finden in der Lage war, war die angebundene Hand.

So weit so gut. Gerade als ich zum zweiten Schritt überging - dem näheren Erkunden meiner Umgebung - ertönte inmitten aller Schwärze plötzlich eine tief brummende Stimme.

„Nun, du bist also wach, wie es scheint.“
Erschrocken fuhr ich zurück und landete auf dem Boden, von dem ich mich gerade versucht hatte, hochzurappeln. Er musste die ganze Zeit im Raum gewesen sein, ohne dass ich seine Anwesenheit auch nur im Geringsten bemerkt hatte.
„Weißt du, warum du hier bist?“
Fragte er mich, doch ich war so entsetzt, dass anstatt einer Antwort nur ein leises Röcheln meiner staubtrockenen Kehle entkam.
„Nun, da du vollkommen unwissend zu sein scheinst, werden wir es dir wohl erklären müssen.“ Wir? Nicht nur, dass ich die eine Person nicht in meiner Umgebung gewähnt

hatte, es waren gleich mehrere. Scheinbar wussten sie sich leiser zu bewegen als ein Schatten um Mitternacht.

Ich holte tief Luft.

Versuchte, meine Fassung wieder zu gewinnen um auf das Folgende vorbereitet zu sein. Mir war nicht klar, was er, was sie mir vor zu werfen hatten, denn ich war mir keiner Schuld bewusst. Doch würde ich es in Kürze erfahren. Noch war nicht alles verloren.
Da begann er erneut zu sprechen, um Einiges lauter als zuvor. „Wir scheuen weder Zeit noch Mühen. Wir gehen, wenn es sein muss, Mensch für Mensch vor, bis die Erde endlich Heilung erfährt von den Grausamkeiten der Sünder die auf ihr wandeln."

Eine Gestalt trat hervor - sicher an die zwei Meter groß, über und über in einen dunklen Mantel gehüllt, das Gesicht schemenhaft verzerrt. Es dauerte einen ganzen Augenblick, bis mir klar wurde, dass er eine Maske trug. So lange mir die Zeit die ich hier angebunden saß auch schien, so hatten sich doch meine Augen noch nicht ganz und gar an die Düsternis gewöhnt.

Gemächlichen Schrittes ging er auf die Mitte des Raumes zu, als ein Funke aufkam. Neigte sich bedächtig zu Boden und entzündete ein kleines Feuer in einer Schale, die dort bereitstand.

Eine Gelegenheit für mich, die Maske zu betrachten, die er vor seinem Gesicht trug. Ich beugte mich vor, so weit es nur eben möglich war und blickte ihn direkt an. Was war das? Wer war das nur?

Waren die Gewänder nicht schon beeindruckend morbide - die Gesichtsbedeckung stellte sie deutlich in den Schatten. Steinern sah sie aus, doch meine ich keine Kiesel. Tönern vielleicht. Wie die arbeitende Oberfläche uralter römischer und griechischer Statuen und Reliefs die, einst ausgegraben und für die Nachwelt gerettet, in Sammlungen und Museen ihre Zeit fristen. Rissig und spröde, und doch - mächtig.

Minutenlang blickte er grübelnd in die zuckenden Flammen, bis er sein Haupt wieder erhob und mir direkt ins verängstigte Gesicht blickte.

Erneut erstarrte ich. Dort wo ich die Augen wähnte, war nur tiefstes, dunkles Nichts. „Mein Name ist Siebenzahl“, setzte er an, „ich stehe stellvertretend für die Abgründe der Menschheit, für die sieben Sünden derer, die sich schuldig machen - Tag für Tag für Tag.“

„Ich stehe ein für den Hochmut und den Neid, für den Zorn und die Trägheit, die Habgier, die Völlerei und Wollust! Die Götter mögen meine geneigten Zeugen sein - für all jene Missetaten, die es zu strafen gilt!"
„Doch bin ich nicht allein!"
„Mir zur Seite stehen meine Schwestern und Brüder. Tretet nun heran!
Ich darf vorstellen:

Die Gesellschaft zur Gleichstellung aller Lebewesen!"

Aus dem Halblicht des flackernde Grimassen werfenden Feuers heraus traten mit einem Ruck viele neue, ebenfalls finstere Gestalten in die Szenerie und zu jeder seiner Seiten hin. Rahmten ihn ein. So das sich ein bedrohlicher Halbkreis vor mir aufzubauen begann. In langen, wallenden, rauchblauen Gewändern, so lange, dass sie mit ihrem Säumen raschelnd über den Kies des sandigen Bodens glitten.

Wieder bekam ich keine Gesichter zu sehen. Sie verbargen ihre wahre Identität feige hinter der scheinbaren Anonymität alberner Masken, anstatt mir - der ich ihnen hilflos ausgeliefert war - ehrlich ins Gesicht zu blicken. Der weite Schnitt ihrer Kleidung tat sein Übriges.
Nicht erkennbar war, ob Mann oder Frau dar-

in steckten, allein an der Zart- oder Grobheit ihrer Hände hätte ich, wäre ich ein geschickterer Beobachter gewesen, ein möglicherweise zutreffendes Geschlecht definieren können. Doch dafür reichte das Licht, das die kleine Flamme warf, bei Leibe nicht aus. Keine Möglichkeit also, herauszufinden um wen es sich handelte, mit wem ich es zu tun hatte.
Vorerst.

Tonlos starrten sie alle auf mich herab - ein schreckliches Gefühl. Siebenzahl jedoch war ganz Herr der Situation. Mit weit ausgebreiteten Armen und der Andeutung eines zufriedenen Lächelns fuhr er fort. „Darf ich vorstellen - die Tugenden!“

„Alle Sünden, die du in Absicht begehst oder aus purer Gleichgültigkeit zulässt. Die dir und der Welt um dich herum zum Schlechten dienen. Sie werden von den Kardinaltugenden, die du innehast und lebst, aufgewogen.“
„Zu meiner Rechten siehst Tapferkeit, Gerechtigkeit, Besonnenheit und Klugheit.“ Zu meiner Linken Glaube, Liebe und Hoffnung.“ Bei jeder Nennung neigten sich die Köpfe der Angesprochenen in stiller Zustimmung. Doch auch wenn kein Laut über ihre Lippen kam, sprach ihre Gegenwart weit mehr als tausend Worte. Von den Sündern hört man oft in unserer heutigen medialen Realität, täglich

beinahe und oft nicht im schlechten, eher in einer Art von Verwegenheit und Lust, mit der Verlockung zu spielen.

Ein bisschen die Sündhaftigkeit, ein bisschen den Reiz des Verbotenen auskosten.

Ein Blitzen.
Leidenschaft.
Grenzüberschreitung.

Und wenn sie nur gespielt ist. Doch kam mir keine Gelegenheit der vergangenen Jahre in den Sinn, in denen die sieben genannten Sünden eine außerordentliche Erwähnung gefunden hätten.
Lag es an der Gesellschaft oder meiner Wahrnehmung derselben?
Ich konnte es nicht benennen.

„Sie“, rief er laut und sprang auf. Mit einem Ruck war ich wieder heraus aus meinen Gedanken und mitten in dieser surrealen Situation - „werden deine Verteidigung sein!“
Gebieterisch faltete Siebenzahl die Hände vor seiner Brust und trat ein paar Schritte in meine Richtung. Nah genug, dass sich der Strick an meinem Pflock in abwehrender Haltung spannte.
Zitternd kauerte ich vor dem bedrohlichen Riesen, allzeit bereit zu flüchten.

Obwohl ich mir meiner Chancenlosigkeit durchaus bewusst war, reagierte mein Körper doch im gewohnten Reflex. Da richtete Siebenzahl seinen Blick Richtung Himmel, reckte die Arme in die Höhe – als würde er um Erleuchtung und Hilfe bitten - einen kurzen Augenblick nur. Dann ließ er sie sinken und fuhr mit gewichtigem Ton erklärend fort.

„Deine begangenen Sünden werden gegen die Tugenden die du innehast aufgewogen – was am Ende bleibt, begründet unser weiteres Vorgehen." Ein einziges wirres Durcheinander schwirrte durch meinen ohnehin schon beeinträchtigten Kopf. Wie im Schnelldurchlauf versuchte ich die vergangenen Tage, Wochen und Monate Revue passieren zu lassen.
Dass ich kein Heiliger war – das musste man mir nicht sagen.
Das war ein Status, den ich für mich sicher niemals beantragt hätte. Heilig und gut zu sein, darauf war mein Leben niemals ausgerichtet gewesen. Das war nie ein gesetztes Ziel. Auch nie ein Wunsch meinerseits.
Aber ein Sünder?
Ein schlechter Mensch?

Das waren stets die anderen gewesen. Ich doch nicht. Sollte ich mich irren? Was hätte ich unternehmen sollen – was unterlassen?

Tu-gend

Substantiv (die)

Eine moralisch gute Eigenschaft, moralisch vorbildliches Verhalten.

Sün-de

Substantiv (die)

Handlung, die gegen religiöse Gesetze und Gebote verstößt
Handlung, die schlecht oder unvernünftig ist

Der Ausdruck in meinem Gesicht und die tiefen Falten, die sich durch meine Mimik zogen, als ich mein vergangenes Leben nach Boshaftem und Falschem durchforstete, mussten ihm aufgefallen sein.

Er erkannte wohl, dass ich mir meiner Taten nicht bewusst gewesen war, was es nicht besser machte in seinen Augen, denn er polterte sichtbar wütend lauthals los:
„Du darfst nicht nur das Gegebene einfach akzeptieren!“
Er fuhr fort: „Die Dinge nehmen, wie sie sind und, so wie es alle dummen Menschen zu ihrer eigenen Berechtigung zu sagen pflegen „Schon immer so waren und allein deswegen richtig sind und gut!“, das ist heuchlerisch! Du musst hinter den Vorhang dieses riesigen Glitzerbildes des Konsumtheaters blicken, das Tag für Tag neuer und glanzvoller aufgeführt wird! Und dessen Direktor du bist!“
Nun zeigte sein Finger direkt auf mich, und mir wurde himmelangst.

„Du musst die falschen Wahrheiten enttarnen, die sie uns aufzutischen versuchen! Die Firmen, mit denen du arbeitest, deren Bekanntheit und Verkäufe du förderst und wohlhabende Menschen aus ihren Bossen machst.“ „Was denkst du zum Beispiel, woher das Leder deiner feinen italienischen Slipper kommt? Und woher das Fleisch für den schnellen günstigen Burger unterwegs, oder die Milch im täglichen hippen Latte macchiato, Cappuccino oder Shake?“

„Glaubst du die Bilder von glücklichen Kühen und Kälbchen, die an einem warmen Sommertag fröhlich und unbeschwert über irische Küstenlandschaften spazieren, während ein laues Lüftchen weht und das Meer sanft in der Ferne rauscht? Oder die des Bauern, der liebevoll seine Kuh streichelt, die er gleich melken wird, drumherum das vergnügt hüpfende und muhende Kälbchen?“

„Glaubst du die Bilder, die du da selber erschaffst?“

„Glaubst du das wirklich?“

Seine Stimme überschlug sich nun fast vor Zorn, so wütend machte ihn das Thema. „Hast du dir jemals Gedanken darüber gemacht, welches Leid die Tiere die für die Herstellung all dieser Lebensmittel, Getränke und Klamotten, die du bewirbst, unsinnigerweise ihr Leben lassen, ertragen müssen, bevor der Tod sie erlöst?“ Sarkastisches Schnauben.

„Leben.“

„Alleine die Anwendung dieses Wortes in diesem Zusammenhang grenzt an Hochmut!“

„Soll ich dir erzählen was wirklich passiert?“

„Auf Hochleistung gezüchtete Kühe werden künstlich geschwängert, um möglichst permanent hunderte Liter Milch pro Tag zu produzieren, werden nach kurzer Zeit von ihren Kindern getrennt und ausgebeutet. Meist schreien sie noch lange nach ihren Kälbchen. Weinen. Sie trauern um ihr verlorenes Kind. So wie es jede Mutter tun würde.“

„Katzen, Hunden, Nerze und Kaninchen werden in vielen Ländern der Welt brutal misshandelt.“

„Sie werden mit Elektroschocks an Stellen malträtiert, an denen das keine sichtbaren Wunden hinterlässt. Man lässt sie ausbluten oder zieht ihnen bei lebendigem Leib das begehrte Fell über die Ohren. Alles, um die Sucht der Gierigen zu befriedigen die für einen albernen Pelzmantel Tausende zahlen.“
„Hühner werden, wenn sie das „Glück“ haben, als hochgezüchteter Legehybride und mit dem richtigen Geschlecht geboren worden zu sein, nicht gleich geschreddert oder vergast.“
„Nein.“

„Sie müssen ihr kurzes Dasein in engen Käfigburgen fristen. Sie werden vollgepumpt mit schlechtem Futter und vergiftet mit Pestiziden und wer weiß was noch. So lange, bis ihr geschundener Körper von der angezüchteten Überproduktion und den Umständen der Haltung so ausgelaugt ist, dass sie an totaler Erschöpfung, Kreislaufversagen oder Entzündungen im Legedarm schließlich sterben dürfen."

„Und das ist nur die Spitze des Eisberges, diese Geschichten kann ich dir von jeder Tierart erzählen, die das Pech hat, etwas für den Homo sapiens Begehrliches in sich zu tragen.
Von den miserablen Arbeitsbedingungen des Personals gar nicht zu sprechen. Denn von den tiefen psychischen Verletzungen, die es nach sich zieht, wenn man Tag für Tag alles Mitgefühl, jedes Fünkchen von Empathie, das jeder von uns in sich trägt, verleugnen muss, um den ständig notwendigen Nachschub zu generieren, davon will ich gar nicht erst sprechen."
„Es ist unglaublich, was geschieht - eine Industrie des Horrors."

Tieftraurig sah er mich an und mit einem Seufzen in der vom Schreien bereits rauen Stimme stellte er fest:

„Das schlimmste Ungeheuer, das auf diesem Planeten weilt, ist eben doch der Mensch selbst."

Das hatte gesessen. Rot bis über die Ohren richtete ich meinen Blick verlegen von ihm weg. Sah zu den Anderen. Zustimmend nickten sie mit den Köpfen. Allesamt. So sehr im gleichen Rhythmus verhaftet, dass sie fast ein wenig zu wiegen schienen.
Ein paar der Augen wirkten glasig und glänzten. Das konnte ich sogar durch die Schatten ihrer Masken noch erkennen. Als würden sie ihren Schmerz fühlen und über die Schicksale der Tiere weinen. Wie gerne hätte ich in ihre Gesichter gesehen. Ihnen gesagt, dass es mir leidtat.

Dass ich dumm war und faul.
Dass ich mich nicht gekümmert hatte.
Mich nur für mich und meinen Erfolg, mein Eigentum und meine Unterhaltung interessiert hatte.
Doch nun war es zu spät.
Das Unheil war bereits angerichtet.

Es gab eine Zeit.
In der Sünde noch geächtet und Tugenden mit vor Stolz geschwellter Brust durch die Welt getragen wurden.

Es gab eine Zeit.
In der Sünder ihrer gerechten Strafe zugeführt wurden.

Es gab eine Zeit.
In der die Menschen ihr irdisches Schicksal dem ihrer himmlischen Seele unterordneten.

Das alles ist lange her.

Diese Gedanken schossen ihr durch den Kopf. Aufgewühlt durch die Ohnmacht gegenüber der gleichgültigen und doch so mächtigen Gesellschaft, der Ungerechtigkeiten im bestehenden System. Verstärkt durch ihre eigene empathische Feinfühligkeit wallten sie wieder in ihr hoch, als sie das Geschehen zu ihren Füßen beobachtete.

Sah, wie sich dieser junge Mann der sich doch so richtig, so normal, so menschlich gefühlt hatte in seinem täglichen Tun und Wirken, mit einem Mal seiner Untaten gewahr wurde.

Es gibt nichts was sie an ihren Aktionen mehr faszinierte als das. Der Moment der Erkenntnis im Gesicht eines Menschen.
Dieser Ausdruck.

Ein Gemenge der reinsten Emotionen. Die Gefühle, die sich kurz darauf zeigten. Wenn der Geist das eben Erlernte verarbeitet und mit dem bekannten Wissen verknüpft.
Wenn einem Menschen klar wird, wie die Dinge wirklich laufen. Nun kann er sich nicht mehr verstecken. Muss sich den Tatsachen stellen. In dieser Situation bleiben nur zwei Möglichkeiten.

Verleugnen oder kämpfen.

Eine lange Zeit war es her, dass sie für sich diese Entscheidung traf. Wenn sie so zurückdachte, konnte sie nicht sagen, dass sie eine wirkliche Wahl gehabt hatte. Ihre Reaktion war intuitiv gewesen.
Sie wusste, was richtig war. Ging ihren Weg.
Von da an war das Leben ein anderes für sie.
Nicht oberflächlich.

Für ihre Umwelt, ihre Freunde und Familie jedoch blieb alles weiter wie zuvor.
Arbeit.
Freizeit.
Fernsehen.
Feiern.
Nichts änderte sich.

Vielleicht, würde man sie fragen, könnten die Menschen die sie in ihrem Alltag begleiteten zu Protokoll geben, dass sie im Allgemeinen fröhlicher wirkte. Entspannter. Das Stückchen mehr mit sich im Reinen sein, das vorher eventuell gefehlt hatte.
Dass sie das Leben nun mit mehr Leidenschaft und Energie anging. Ein Mensch, der einfach lebt. Um den man sich keine Sorgen zu machen braucht. Würde man sie fragen.

Wenn sie wüssten wie es in ihr aussah - sie wären erstaunt.
Doch das hielt sie gut verborgen.
Was tatsächlich vor sich ging.

Die geheimen Treffen, die Planungen, das Beobachten.
Die Taten.

Alles begann, kurz nachdem der Unbekannte sie auf jenem Treffen angesprochen hatte. Er musste das Brodeln in ihr bemerkt haben, die Ungeduld und die Empörung.
Was immer er auch sah oder fühlte, wie auch immer er es damals angestellt hatte, er war an die Richtige geraten.
Sie waren von Anfang an auf einer Wellenlänge, verstanden sich blind und fühlten sich wohl in der Gesellschaft des jeweils Anderen.
So warf sie auch all ihrer Bedenken über Bord, als er vorschlug, dass sie ihn zu einem der Treffen begleiten sollte.
Es gibt sicher nicht viele Gelegenheiten im Leben einer Frau, in denen sie sich auf ein nächtliches Treffen mit mysteriösen Menschen in einer verlassenen Waldhütte einlassen sollte. Doch sie vertraute ihm und wurde nicht enttäuscht.

Da man sich noch nicht sicher sein konnte, dass sie die Interessen der Gesellschaft teilen und bewahren würde, wurden zu Anfang einige wohlüberlegte Sicherheitsmaßnahmen getroffen.

Als alles bereit und besprochen war, fuhren sie los.

Spätabends, nach einer langen, gewundenen Fahrstrecke und mit verbundenen Augen waren sie schließlich beim verabredeten Treffpunkt angekommen, an dem bereits zwei maskierte Männer auf die beiden warteten. Ein Glück, dass ihre Augen noch immer von dem dunklen Tuch bedeckt gewesen waren, denn der Anblick wäre beim ersten Mal sicher zum Fürchten gewesen.

Ihr Begleiter hatte sein Möglichstes getan, um sie nicht unnötig in Angst zu versetzen.
„Sie werden dich jetzt durchsuchen, fürchte dich nicht, das geschieht nur zu unser aller Sicherheit."
Als sie zustimmend genickt hatte, winkte er die beiden heran.
Als sichergestellt war, dass sie weder Handy noch sonstige Aufnahme- oder Orientierungsgeräte oder gar Waffen mit sich trug, hatte sie den gut versteckten Eingang des Weinkellers betreten dürfen, in dem das Treffen stattfand.

Als sich das modrig bemooste Tor, das mitten in einem Hügel zu liegen schien, laut knarzend öffnete, schreckte sie unwillkürlich zurück.
„Phu!"

„Was für ein Geruch ist das denn?“
„Mach dir keine Gedanken.“ Versuchte ihr Begleiter zu beruhigen.
„Der Keller ist steinalt und der Wein ist noch älter, aber du gewöhnst dich daran. Schon in ein paar Minuten wirst du das gar nicht mehr wahrnehmen.“
„Na wenn du meinst.“
Der erste zaghafte Schritt hinein.
Unheimlich.

Aufmerksam lotste er sie über den kleinen hölzernen Tritt, auf dem es drei Stufen hinunterging, bis sie auf dem Boden ankamen. Staubig war es, muffig und der Geruch von trockenem Rotwein lag in der Luft.
„So, nun kannst du die Augenbinde abnehmen. Wir sind fast da.“
Ein Moment der Erleichterung. Es tat gut, wieder sehen zu können, auch wenn das hier unten fürs Erste nicht wirklich die passende Bezeichnung war.

„Alles gut?“
„Ja, danke. Es ist nur, das Ganze ist schon ziemlich gewöhnungsbedürftig.“
„Das ist verständlich, so ging es uns allen am Anfang. Mach dir keine Sorgen, das vergeht. Die anderen warten schon, bist du soweit?“
Nun war sie doch nervös.
Was wenn sie mich nicht akzeptieren?
Was wenn ich nicht zu ihnen passe?

Diese Gedanken machten ihr Angst, hoffte sie doch, hier etwas zu finden, was sie ihr ganzes Leben lang vermisst hatte.
Langsam gewöhnten sich ihre Augen an die Dunkelheit und sie konnte die Weinfässer deutlich erkennen, die zu ihrer Linken und Rechten aufgestellt waren.
Vorsichtig setzte sie Fuß vor Fuß, bis die nächste Tür erreicht war.

Nun hörte sie Stimmen, die sich eifrig unterhielten, das klappern von Stühlen auf dem Boden und das Klirren von Gläsern, die gegeneinandergestoßen wurden.

Tief durchatmen.

Dreimal lang und zweimal kurz klopfen, wie es verabredet war. Und die Tür öffnete sich. Als sie mutig als Erste hindurchtrat, verstummten die Gespräche im Saal augenblicklich.
Alle Blicke ruhten auf ihr, und ohne es zu wollen, wurde sie ziegelrot im ganzen Gesicht und bis über die Ohren.
Sie versuchte, die Sätze über die Lippen zu bringen, die sie sich für diesen lange erwarteten Moment sorgsam zurechtgelegt hatte, aber so sehr sie sich auch mühte, es kam ihr kein einziger Buchstabe über die vor Aufregung bibbernden Lippen.
Stattdessen griff sie nach seiner Hand und

*drückte sie fest.
Gerade wollte er sie aus ihrer misslichen Lage befreien in dem er einen Schritt nach vorne tat und das Wort ergriff, da fasste sie sich ein Herz und rief mit dem Mut der Verzweiflung mitten in den Raum und in die gespannten Gesichter aller Anwesenden:
„Endlich bin ich angekommen."
„Wenn ihr mich aufnehmt, bin ich bereit mit euch zusammen alles zu tun, was getan werden muss, um diese Welt zu einem besseren Ort zu machen! Es ist mir eine Freude und eine Ehre hier zu sein. Ich danke euch für euer Vertrauen."
Tosender Applaus brach los, und einige der Gesellschafter klopften mit ihren Bechern zum Beifall auf den Tisch, der - Gott sei´s gelobt - sehr stabil zu sein schien und sich davon nicht weiter beeindrucken ließ.*

*Es wurde ein großartiger Abend.
Sie redeten und tranken bis in die frühen Morgenstunden und konnten sich kaum trennen.
Mit ihren ehrlichen Worten und der Tatkraft, die sie ausstrahlte, waren die Herzen der anderen im Sturm erobert.
Ihre Aktivitäten aus vergangenen Tagen kannten sie dank guter Recherche bereits und waren sich sicher, dass die gemeinsame Zukunft unter einem guten Stern stand.
Bis sie jedoch ein vollwertiges Mitglied der*

Gesellschaft werden konnte, musste noch einiges besprochen und getan werden. Doch es gab kein Hindernis, das zu überwinden ihr zu groß gewesen wäre. Sie war bereit.

In den kommenden Tagen, Wochen und Monaten lernte sie, was sie brauchte, um an allen Aktionen aktiv teilnehmen zu können, und gleichzeitig ein nach Außen hin vollkommen normales und unauffälliges Leben zu führen. Die anderen weihten sie in ihre Vorgehensweisen ein, erläuterten ihre Art Nachforschungen zu betreiben und wie sie das für und wieder abwägten, bevor sie sich zur Handlung entschlossen.
Zeigten auf, was sie in ihrem Alltag vermeiden sollte. Wie sich sowohl online als auch im realen Leben nahezu unsichtbar machen konnte, falls es die Situation erfordern sollte.

Es war eine anstrengende, fordernde Zeit für sie - gleichsam war sie lange nicht mehr so sehr sie selbst gewesen.
Sie wusste, wenn sie aufmerksam war und sich gut anstellte, dann wartete eine Zukunft auf sie, in der sie sich endlich wertvoll und glücklich fühlen konnte.

Und diese Zukunft begann früher, als sie es erwartet hatte.

Kurz bevor ihr erster Gehversuch als Begleiter bei einer nächtlichen Aktion der Gruppe anstand, verletzte sich eines der Vollmitglieder während der Arbeitszeit schwer.
Der Fuß war gebrochen, das Gehen unmöglich, und plötzlich fehlte der Gemeinschaft ein Mann.

Anstatt nur dabei zu sein, zu verfolgen, wie alles idealerweise ablaufen soll und ein Gespür und ein Auskommen mit der Aufregung, der Angst und der Gefahr zu finden, war sie unversehens mitten im Geschehen.
Hätte sie nicht zugestimmt, wäre die gesamte Planung umsonst gewesen, was sie nicht zulassen konnte.
Selbstverständlich war sie dabei und gab ihr Bestes, und nach dem erfolgreichen Abschluss der Aktion wurde sie als vollwertiges Mitglied anerkannt.
Sie war glücklich.
Vorbei war die Zeit der Tatenlosigkeit, der Hilflosigkeit und des Bangens.
Nun war ihr Platz gefunden, an dem sie auf ihre Vorstellungen von einer perfekten Welt hinarbeiten konnte.

Eine Welt ohne Leid.
Eine Welt ohne Schmerz.
Eine Welt ohne Sorgen.
Ihr Utopia.

Utopia

(Griech. „Nicht - Örtlichkeit“)

Steht für:

Utopie

Ein Wunschtraum oder eine fiktive Gesellschaftsordnung in der Zukunft

Ein neues Leben begann.

Während sie für die Außenwelt weiterhin als unbescholtener Bürger lebte, mit einem durchschnittlichen Job, zwei unauffälligen Hobbys (joggen und wandern), einen festen Freund hatte und sich regelmäßig mit Arbeitskollegen, Freunden und Familie zum Grillen, zum Eis essen oder im Kino traf, lebte sie im Stillen ihre Mission.

In ihrem zweiten, allen ihr nahestehenden Menschen unbekannten Leben, tat sie Dinge, die ihr keiner dieser Menschen jemals zugetraut hätte.
Es war perfekt.
Genau so sollte es sein.
Niemand durfte auch nur für eine Sekunde auf die Idee kommen, sie mit einer solchen Organisation und deren Taten in Verbindung zu bringen.

Das alles gelang ihr ganz wunderbar, auch wenn es oft schwer war.
Nicht über das zu sprechen was sie wirklich bewegte, nicht zu widersprechen, wenn es eigentlich nötig wäre, sondern einfach nur lieblich zu lächeln und den Mund zu halten.

In besonders schweren Augenblicken, wenn es an ihr nagte, stahl sie sich davon. Vermied, dass ihr jemand folgte, und verschwand in dem kleinen Zimmer im Dachboden, das immer irgendwie übriggeblieben war und keine rechte Bestimmung gefunden hatte.

Hin und wieder konnte sich ihr Freund ein Zwinkern und den Hinweis auf ein „Kinderzimmer", das für den Fall der Fälle ja schon vorhanden wäre nicht verkneifen, eine Aufforderung, auf die sie niemals reagierte. Neues Leben in diese verrückte und kaputte Welt zu setzen, dieser Gedanke erschien ihr schon immer falsch.

Gab es doch bereits mehr als genug Kinder, die gezwungen waren, in den unzähligen Kinderheimen der Welt auszuharren. Immer in der Hoffnung, einmal eine Familie, ein zu Hause und Zugehörigkeit zu gewinnen. Wenn sie später irgendwann einmal den Wunsch nach einer eigenen Familie verspüren sollte, wäre das noch immer die erste Option.

*Sie wusste ganz genau, wie ihr Freund darauf reagieren würde.
Dieses Gespräch würde ganz sicher kein gutes Ende nehmen. Sie hoffe, dass es nie dazu kommen würde.*

So wie es momentan war, wurde das Zimmer als Bücherei genutzt.

Sie hatte es sich auserkoren, und die Wände an allen Seiten mit hellen, weißen, auf Maß geschreinerten Regalen ausgestattet, deren Bretter sich bald mit all den vielen Büchern füllten, die sie liebte.

Für die leeren Stellen waren schnell ein paar günstige Werke auf dem Flohmarkt erstanden.
Wichtig war, dass die Bücher zusammen eine lückenlose Wand bildeten, die unverrückbar wirkte.
In der Mitte des Raumes stand ein alter Ohrensessel ihres Großvaters, der, obwohl er schon mehr als 50 Jahre auf dem Buckel hatte, immer noch seinen Dienst tat, auch wenn er meist etwas wackelte, was jedoch beim Lesen nicht störte.

Ursprünglich war er wohl einmal grün gewesen, das war an den nicht abgewetzten Stellen noch leicht zu erkennen. Er war sicher kein schöner Anblick mehr, doch sie liebte ihn heiß und innig.

Ihm zur Seite stand ein kleines Tischchen mit Stiften und Papier, daneben eine Leselampe. Ein bisschen Dekoration im ganzen Raum verteilt. Ein Potpourri, Duftkerzen und golden gerahmte Erinnerungsbilder von Freunden und Familie.

Die Tarnung war perfekt.
Ohne auch nur den geringsten Verdacht zu erwecken, war es ihr möglich, hier oben lange Stunden des Grübelns und Planens zu verbringen.

Ihr Freund, der Gute - so gerne sie ihn auch hatte, ihre Leidenschaft für das Lesen teilte er nicht und war auch nicht in der Lage, diese zu verstehen.
Er war eben mehr der Fernsehtyp.
Ideal.

Denn wenn man die richtigen Werke aus dem Regal auf der Innenseite der Wand nahm, gaben sie den Blick frei auf das, was dahinter lag.
Nun musste sie nur noch die gelöste Tapete vorsichtig ein wenig anheben um an den kleinen Safe zu kommen, den sie in dem ausgesägten Stück des Gipses versteckt hatte.
Sollte Sicherheit eins und zwei versagen so blieb ihr auf diese Weise immer noch der Code, den keiner je erraten würde.

Schnell tippte sie die Zahlen ein und wischte anschließend mit dem Ärmel über die Tasten um keine verräterischen Flecken zu hinterlassen. Sie öffnete die Tür und hob vorsichtig ihren blauen Umhang ein Stückchen heraus.

Zärtlich streichelte sie über den samtigen Stoff, der an manchen Stellen schon ein wenig verschlissen wirkte.
Auch der eine oder andere Riss von allzu störrischen Ästen oder Wurzeln war schon ausgebessert. Eine Schönheit war er nicht mehr.

Was dieses Kleidungsstück für sie bedeutete, war nicht in Worte zu fassen.
Durch ihn war sie ein neuer Mensch geworden.

Auch wenn sie ihn im Moment nicht brauchte, ihn kurz in der Hand zu halten, ihn zu fühlen und zu riechen half ihr über so manche schwarze Stunde hinweg.
Die von Unsicherheit und Zweifeln geprägten Zeiten, in denen sie sich fragte, wie lange das alles gut gehen konnte.
Ob ihr Doppelleben irgendwann nicht doch auffliegen würde.
Denn so zu leben wie sie lebte, das war oft nicht leicht.
Es gab stets eine innere Zerrissenheit in ihr, die sie beeinflusste in all ihren Taten.

An den guten Tagen lebte sie vor sich hin, so wie es allgemein üblich und gesellschaftlich erwünscht war.

Schwebte wie von einer himmlischen Leichtigkeit getragen von Tätigkeit zu Erledigung, Besorgung und Termin.

Back and forth.

Von der Arbeit über die holprigen Straßen des kleinen Ortes in dem sie lebte zum Markt.

Jeden, der ihres Weges kam, freundlich grüßend (ob bekannte oder unbekannte Gesichter). Sie verstand sich nicht in bedingungsloser Vollkommenheit auf oberflächliche zwischenmenschliche Bekanntschaften. Ja, meist reagierte sie innerlich eher genervt auf all die Persönlichkeiten und die aufdringliche Präsenz. Auf alberne Probleme mit Themen wie:
„Oh mein Gott, soll ich mir diese Bluse in hellblau kaufen, oder in rosa, oder doch lieber gleich beide?"

Oder „Kann man sich jetzt eigentlich noch trauen, eine Urlaubsreise in die Türkei zu buchen, oder sollte man lieber erst mal abwarten wie sich alles so entwickelt?",
Oft konnte sie sich nicht einmal erinnern, mit wem sie bereits länger gesprochen hatte, oder wen sie eventuell gar nicht kannte. Zur Sicherheit, aus anerzogener Freundlichkeit und, drittes und wichtigstes Argument,

um keinesfalls unangenehm aufzufallen, grüßte sie vorsichtshalber einfach jeden. Lieber einmal zu oft als einmal zu wenig. Im äußersten Falle erfreuten sich begeisterte Touristen an dem freundlichen Entgegenkommen der Landbevölkerung.

Weiter der Weg durch den Tag. Eifrige und beflissene Erledigungen aller anstehenden Aufgaben. Die Zeit verrinnt in der stetig wachsenden Zufriedenheit des braven und strebsamen Bürgers von ganz alleine.

Sie wusste ja, was sie am Leben hielt, wofür sich das Ganze am Ende lohnen würde. Da musste man eben durch, auch wenn es ihr einfach unerklärlich war, wie es so vielen Menschen möglich war, ihre knapp bemessene Lebenszeit so zu verbringen und dabei stets guter Laune zu sein.

Und dann gab es diese anderen Tage. Jene Tage, an denen der Riss in ihr brannte wie Höllenfeuer. So sehr sie auch versuchte, sich selbst und ihre Gefühle unter Kontrolle zu halten, war es ihr nicht möglich, diese unentwegt empordrängenden Flammen aus eigener Kraft zu ersticken. Mit unheimlicher Kraft zerrte der Ärger an ihrer so leicht zu verletzenden Seele: die herrschende Gesellschaft, die Machenschaften der Konzerne und all das was sie so gewissenlos und „gewinnorientiert“ anrichteten.

Das erste Flackern bemerkte sie meist recht frühzeitig.

Schon ging sie in Hab-acht-Stellung. Versuchte, sich zu beruhigen. Strengte altbewährte Ventile an, um den Schmerz etwas zu lindern. Stürzte sich mit aller Energie und Kraft in ihre Arbeit, ackerte bis zur völligen Erschöpfung, um den Drang in seine Schranken zu weisen. Doch manchmal begehrte er dennoch weiter auf.

Sie die wusste, dass es nicht rechtens, wenn auch oft berechtigt war, was sie da als Gruppe anstellten. Sie suchte Mittel und Wege, es soweit wie möglich in Schach zu halten.

Es nicht die Überhand gewinnen zu lassen.

Doch wehe, ihr ging die Arbeit aus.
Die Familie beschäftigt. Die Freunde auch.
Die Flammen brannten bereits lichterloh in ihr, nahmen immer mehr Raum ein. Breiteten sich aus.

Und wenn bereits das ganze Haus auf Hochglanz poliert war und die Joggingschuhe von all den wilden Waldläufen schon vollkommen abgewetzt und zerlöchert in der Ecke des

Flures weinten, dann gab sie auf und hörte auf, sich zu wehren.
Ließ sich hineinfallen in ihre heiße Wut.

Ließ Rachegelüste in sich wachsen und nährte diese, bis sie sie endlich ganz beherrschten. Dann spürte sie - es war wieder an der Zeit.

Zeit, alle zusammen zu trommeln.
Zeit, sich zu besprechen.
Zeit, wieder in die blauen Umhänge zu schlüpfen.

Heute.
Hier.
Jetzt.

***

Was für eine Welt.
Was für eine Gesellschaft, was für ein Leben.
Die Spuren des Leides waren überall, sah man nur genau hin.
Das Leder der Innenausstattung in meinem neuen Wagen, an meinen Füßen – an meinem Bund. Das „Echt Leder“ Zertifikat war für mich nie ein Gräuel, sondern im Gegenteil immer ein Kaufgrund gewesen, da es hohe Qualität versprach.
Die Daunen in meinem Bettzeug, das Milch und Honig Shampoo im Bad, das so gut riecht, das verlockende Fleisch im Steakhaus und die Würstchenbude nebenan. Der Latte macchiato im trendigen Café und das herrlich cremige Eis im Sommer.

Butterbrezen, Steckerlfisch, Spanferkel und Obazda – Grundnahrungsmittel in Bayern und auf jedem Fest ein Muss.
Egal woran ich auch dachte – es zog sich durch alle Lebensbereiche, kein Ende in Sicht.

Für all das hatten wir geworben. Sei es die Kampagne für das nahende Oktoberfest, ein kurzer Trailer für das neue, angesagte Restaurant oder die Bilderstrecken in Hochglanzmagazinen, die, mit kreativen Slogans (auf die wir sehr stolz waren) versehen, für die Natürlichkeit, Frische und Reinheit der verwendeten Produkte in irgendeinem verrückten Brotaufstrich warben, Dinge, die Niemand jemals vermisst hätte, bevor wir es ihnen professionell einredeten.

Mehr und mehr Grausamkeit fiel mir ein, je deutlicher die Bilder wurden. Differenzierter und klarer zeigte sich mir vor meinem inneren Auge, worauf Siebenzahl hinweisen wollte.
All das Alltägliche, das ganze Getue und Gehabe - jedes Handeln, jeder Schritt trat nun für sich selbst hervor.

Viele Dinge, die ich in meinem Leben tat, konnte ich, auch wenn sie so falsch waren, wie sie es nur sein konnten, gut begründen. Doch wird die Sünde geringer, wenn sie aus einem logischen Grund begangen wird? Vermutlich nicht.

Betrachtete man meinen Lebenswandel aus der unumwunden strengen Sicht der Formulierung von Hochmut, Neid, Zorn, Trägheit, Habgier, Völlerei und Wollust, bot sich objektiv ein schreckliches Bild. Als mir das übermächtige Ausmaß meiner Sünden gewahr wurde, senkte ich meinen Kopf in Scham.

„Du siehst es jetzt selbst - nicht wahr?“
Raunte mir Siebenzahl aus seiner Kutte heraus entgegen. Leiser nun, und milder.
So nahe an meinem Gesicht, das ich durch

die Maske hindurch seinen Schweiß riechen konnte.

Sein Zeigefinger verharrte vor meinen ausgedörrten Lippen. Ich schluckte unwillkürlich. Entrang mir eine Antwort. „Ja, ich sehe, was du meinst."
„Gut." Sagte er, und ich meinte, etwas Wohlwollendes in diesem kurzen Wort der Anerkennung mitschwingen zu hören. „Das ist der erste Schritt mein Bruder."

Mit diesen Worten richtete er sich auf - reihte sich zwischen den Tugenden ein und begann laut und und nicht ohne eine gewisse Melodik in seiner kratzigen, dunklen Stimme zu sprechen.
„Die Anzahl deiner Verfehlungen ist hoch - sehr hoch - das hast du selbst eingesehen. Doch sag mir, gibt es auch Tugenden, die dich entlasten? Die dir Gutes nachsagen können? Das Ausmaß deiner Strafe auf ein geringeres Level senken? Die Unterzahl der Menschen, die nicht eine Tugend ihr Eigen nennen können!"

Mit dieser Feststellung tat er einen Satz nach vorne, wirbelt um seine eigene Achse herum und hüpfte wie wild geworden von Tugend zu Tugend, die weiterhin unbeweglich vor sich hinblickten, während er ihnen einer nach der anderen fragend ins Gesicht blickte. „Wer

spricht sich für euren Bruder aus?“ „Wer hat etwas zu sagen?“
„Sprecht jetzt, bevor es zu spät ist!“ Zitternd und des Denkens unfähig hoffte ich inständig auf eine Wortmeldung, einen Laut. Irgendetwas, das bestätigte, dass ich nicht der schlechteste Mensch auf Erden war.
Ich wusste, das war ich ganz sicher nicht. Doch hier und heute ging es um keinen Vergleich.

Gerichtet wurde allein über mich.

Todsünden

I
Hochmut

II
Habgier

III
Wollust

IV
Jähzorn

V
Völlerei

VI
Neid

VII
Faulheit

Kardinaltugenden

I
Verständigkeit

II
Gerechtigkeit

III
Weisheit

IV
Tapferkeit

V
Glaube

VI
Liebe

VII
Hoffnung

Stille.

Vor allen stehend sprach er leise und sehr ernst: „Letzte Chance des Widerspruches - bevor ich das Urteil verhänge." Während ich noch fürchtete, es würde nichts geschehen, zitternd vor Kälte kauernd, verzweifelt und erfüllt mit einer bisher ungekannten Angst, versuchte ich nervös, das Positive in meinen gelebten Jahren zu entdecken. Was sich schwieriger gestaltete als gedacht.

Vermutlich geschuldet der Tatsache, dass das Selbstwertgefühl doch so gut funktioniert, dass das Selbstbild, das man von sich malt, nie wirklich schlecht sein kann. Auch die Schlimmsten unter uns können doch etwas Sinnvolles in ihrem Sein erspüren. Als umso schwerer empfand ich das Gegengewicht.

Übermannt von der Last der Vergehen, die mir bereits vorgeworfen worden waren, gelang es mir kaum, einen klaren Gedanken zu fassen. Da wurde ich von einem lauten „Drei!" In meinen Überlegungen unterbrochen.

Gebannt sah ich zu, wie die Gestalten sich zeitlupenartig in Bewegung setzten. Gleichmäßig und wie von einer Hand geführt traten sie vor. Vier blieben zurück. „Gerechtigkeit, Besonnenheit und Klugheit stehen also für dich ein. Soso." Murmelte Siebenzahl nachdenklich vor sich hin. „Wie es scheint, hast du dich ihrer als würdig erwiesen. Nun, das anzuzweifeln ist nicht meine Aufgabe."

Er wandte sich mir zu. „Wie ich zu meiner Freude gestehe, bist du wohl nicht gänzlich verloren Bruder." „Noch besteht eine Chance für dich, zu Erkenntnis zu gelangen. „Deine Seele, die Unsterblichkeit in dir, kann Heilung erfahren."

„Dein Körper - ihre Heimstatt ist es, das Werkzeug, mit dem du all den Schaden und das Übel über dich und andere bringst." „Doch kannst du dein Dasein zu dieser Zeit an diesem Ort nutzen, um für deine Seelenrettung zu sorgen. So wird sie, wenn du in deine Vergänglichkeit zerfällst, ihre Flügel ausbreiten und aufsteigen können. Heil in allen Teilen wieder in den Kreislauf des Lebens eintreten kann."

Er fuhr fort: „Um das zu gewährleisten, und weil ich in deinem Wesen die Kraft zur Einsicht und Reue wähne, werde ich dich hier heute mit einer Verwarnung entlassen."

See-le

Substantiv (die)
Alles Denken, Fühlen und Empfinden eines Menschen.
Der körperlose, unsterbliche Teil des Menschen.

Die Erleichterung, die ich nach diesem Satz empfand, ist kaum in Worte zu fassen. In einer Situation wie dieser, so verwirrt und ausgeliefert wie ich war, gab es doch einen Lichtblick. Eine Chance zu überleben. Das alles hinter mir zu lassen. Ich konnte es kaum glauben.

Ich atmete aus.

In meiner Anspannung musste ich die Luft minutenlang angehalten haben, denn als sie aus mir herausströmte, fiel ich in mich zusammen wie ein leerer Ballon.
Würde dies alles doch ein gutes Ende nehmen?

Da hob Siebenzahl erneut seinen Zeigefinger. Warnend. „Um dich nicht vergessen zu lassen das du unter Beobachtung stehst, werden wir dir eine kleine Erinnerung mitgeben!"
Noch bevor der Schreck über diese Aussage abgeklungen war, traten zwei der Tugenden vor und während der eine mit eisernem Griff meine Arme nach hinten zog und fixierte, fasste der andere an mein linkes Ohr.

Ich verspürte einen stechenden Schmerz, gefolgt von einem Klappern und Knacken. „Was zum?" Schoss es mir durch den Kopf.
„Wie ein Kälbchen im Käfig bist du jetzt. Nummeriert und unter unserer Aufsicht.

Kannst dich nicht verstecken! Es soll ein Mahnmal für dich sein, das dich in jedem Augenblick daran erinnert, wie du dein zukünftiges Leben gestalten solltest.“ Kaum traute ich mich, an mein pochendes Ohr zu fassen. Ich spürte die kühle Schwere des Plastiks, das an der Wunde zog.

Als hätte dieser Schmerz wieder alles von der Übermacht der Ereignisse in den Hintergrund gedrängte erneut hervorgerufen, spürte ich mit einem Mal wieder die Kälte, die mich umgab, den Hunger, der durch meine Eingeweide drang, die Angst.

Fühlte die Fesselung an meiner Hand und den Strick, der daran hing. Die Gestalten vor mir verschwammen mehr und mehr und wie durch einen dichten Schleier hörte ich ihre Ermahnungen hallen.

„Bessere dich!“
„Wir beobachten dich!“
„Es ist noch nicht vorbei!“

Bis schließlich die Ohnmacht komplett die Oberhand gewann und mich hinabgleiten ließ in einen tiefen, traumlosen Schlaf.

Ich erwachte in meinem eigenen Erbrochenen.
In meinem Bett.
In meiner Wohnung.

Fast hätte ich meinen brummenden Schädel und die rasenden Kopfschmerzen für die Nachwirkungen einer gelungenen Partynacht halten können, wäre da nicht das heftig pulsierende Ohr. Mit letzter Kraft schleppte ich meinen zerschlagenen Körper Richtung Spiegel, nur um einen spitzen Schrei des Entsetzens auszustoßen.
Diese Irren!

Was hatten sie nur mit mir angestellt!
Mit diesem Anblick war auch noch die letzte leise Hoffnung erloschen, dass die Erinnerung an die Ereignisse der vergangenen Nacht auf zu viel Alkohol und anhaltenden Drogenkonsum zurückzuführen seien.

An meinem geschwollenen, und deutlich entzündeten Ohrläppchen hing eine gelbe, keilförmige Plakette mit schwarzen dicken Nummern darauf. 269.

Unübersehbar. Nicht zu verstecken. Während ich meinen Kopf als erste Maßnahme unter fließendes kaltes Wasser hielt, um die Lebensgeister in mir zu wecken, kehrten erste Fetzen der Erinnerung zu mir zurück.

Sünden, die ich begangen hatte, wurden von geleisteten, gelebten Tugenden gelöscht. Zu viele waren jedoch verblieben und die Zahlen auf der Plakette sollten mich wohl an diese erinnern.

Oh Mann! Wie konnte mir so etwas nur zustoßen? Wie sollte ich dieses Ding bloß vor meinen Kollegen verbergen?
Und wer, wenn man fragen darf, waren diese Verrückten?

Tage zogen ins Land und ich gewöhnte mich an den Gedanken dessen, was geschehen war. Meine erste Reaktion war wie immer - überleben.

Gewinnen.
Als Sieger hervorgehen.

Mit dieser Einstellung war ich mein Leben lang mehr als gut gefahren. Das hieß, bisher. Was ich nun tat? Die Ereignisse als Tatsachen verbuchen. Dieses Erlebnis war kein Hirngespinst, davon zeugte mein malträtiertes Ohr.

Ich konnte die Marke nicht entfernen, sonst hätte ich sie sofort wieder auf den Plan gerufen. Also täuschte ich einen Unfall vor. Eine ausgezeichnete Ausrede, wieso ich nicht auf der Arbeit erschienen war. Ebenfalls ein perfekter Grund, um einen dicken Verband am

Ohr zu tragen. „So etwas kann jedem einmal passieren, und so wie du fährst, hahaha..." das Gespött meiner Kollegen war auszuhalten und verlief nach ein paar lästigen Tagen mit dummen Sprüchen im Sand, sobald sich der Nächste einen Fauxpas leistete.

Kurz gesagt - ich kam ungeschoren aus der Sache heraus.
Und nach außen hin hatte sich an mir nichts verändert. Ich war weiterhin der selbstsichere, erfolgreiche, gnadenlose Gewinner.
Ging morgens zum Sport, gab in der Arbeit alles und fiel abends erschöpft ins Bett. Keinerlei Änderung in Sicht. Nichts, woran irgendjemand hätte Anstoß nehmen können.
Doch hinter meiner Fassade brodelte es.

Über den Tag war es mir möglich, das Erlebte mit meinem Sakko an die Wand zu hängen. Ich streifte es einfach ab - tat, was zu tun war. Abends jedoch und an den Wochenenden, wenn ich mich nicht mit notwendigen Tätigkeiten ablenken konnte, wenn keine Meetings anstanden und keine Entscheidungen getroffen werden mussten, da konnte ich mich der Gedanken nicht erwehren.

Sie waren meine ständigen Begleiter.
Ich durchforstete mein Leben und meine Entscheidungen. Recherchierte ihre Aussagen und verfolgte die Wege der Waren, die ich

angepriesen und konsumiert hatte, zurück zu ihren Wurzeln.

Ich erschrak über das Ausmaß an Grausamkeit, das sich offenbarte. Immer wenn ich dachte, es könnte schlimmer nicht kommen, fand sich ein neuer Bericht, der alles Bisherige übertraf.
Ich wog das für und wieder ab.
Auf welche Dinge konnte ich verzichten, auf welche nicht?

Gab es Alternativen, die ich nutzen konnte? Wo waren sie zu finden? So ging es jeden Abend, und Block um Block füllte sich, bis meine Notizen bald meinen gesamten Schreibtisch für sich einnahmen. Aufhören war unmöglich, ich war wie im Fieber.
Ich enttarnte meine Sünden, fand meine Tugenden. Einige Wochen lang ging ich alles in meinem Leben Schritt für Schritt durch.

Ich musste mir schließlich eingestehen, dass diese Verrückten nicht falsch gelegen hatten in ihren Aussagen. Es gab Dinge, die ich besser hätte lösen können. Situationen, in denen ich rücksichtsvoller, zurückhaltender und weniger auf meine eigenen egoistischen Bedürfnisse bedacht hätte sein können.

Mich mehr mit meinen Mitlebewesen beschäftigen, mit deren Sorgen und Nöten.

Mich dafür interessieren, welche Auswirkungen mein Denken und Handeln auf meine Umwelt hat.
Bessere und fairere Entscheidungen bei der Wahl meiner Kleidung, meiner Möbel und Ernährung treffen.
Frauen besser behandeln.
Kollegen als menschliche Wesen wahrnehmen und nicht nur als Feind, den es zu besiegen gilt.
Das alles hätte ich tun können, tun sollen, tun müssen.

Und dennoch hatte ich mich oft anders entschieden. Mit der Zeit sah ich ein komplettiertes Bild von mir und meinem Leben. Ein Bild, das mich traurig machte und beschämte.
So hart es war, ich nahm es an.
Akzeptierte es und schwor Besserung. Einerseits da ich hoffte, nie wieder in die Fänge meiner Peiniger zu gelangen, andererseits aus tiefem, ehrlichem Bedauern.

Komplett durchorganisiert, so wie es nun mal meine Art ist, legte ich mir einen neuen Verhaltenskodex zurecht. Überlegte, was in welchen Situationen angemessen wäre und was nicht.

Was vor einem Vertrag mit einem Unternehmen zu prüfen war, welche Voraussetzungen sie zu erfüllen hätten, welche Abstriche möglich wären. Welche Produkte ich durch bessere ersetzen und wo ich zukünftig einkaufen, essen und feiern würde. Ein Leitfaden für mein neues Leben.

Ich hielt alles schriftlich fest, um im Notfall darauf zurückgreifen zu können.
Dann lehnte ich mich zurück, zufrieden mit meiner Leistung.

Und vergaß.

Nicht von einem Tag auf den anderen. Nicht in der Minute in der ich den Stift beiseitelegte.
Nein. Ich versuchte wahrlich und tatsächlich meine neuen Vorsätze zu leben. Doch wie das eben meist so ist mit neuen Gewohnheiten - nach und nach schlich sich das Leben ein.
Der Alltag.
Die Anforderungen im Job stiegen, und mit ihnen der Stress. Bevor ich mich versah, fiel ihnen Vorsatz um Vorsatz zum Opfer. Ohne das ich es selbst wirklich wahrnahm, entwickelte sich mein Leben und meine Art, es zu bestreiten, wieder in alte Bahnen, zu seinem ehemaligen Ausgangspunkt zurück.

Als wenn man einer alten Sucht verfällt.
Einer, die man aufzugeben trachtet. Ich gewährte ich mir erst kleine Verfehlungen.

Die wuchsen zu Größeren heran, bis ich schließlich aufgab und mich völlig treiben ließ.
Aus dem Missachten meiner Vorsätze wurde wieder Normalität und in dieser lebte ich fortan. Ich ließ es mir gut gehen. Immer weiter wanderten die Ereignisse jener Nacht in den Hintergrund. Sie verblassten allmählich, fast so als wären sie nie geschehen.

Irgendwann musste ich auch den Verband wieder vom Ohr nehmen. Die Lüge hatte ihr natürliches Ende gefunden. Als ich die Pflaster und Binden entfernte, sah ich, dass die Wunde vollkommen abgeheilt war. Hellgelb prangte die Plakette an meinem Ohr. Die Schwellung war komplett zurückgegangen, so weit, dass ich den Verschluss erkennen konnte.

Ohne groß darüber nachzudenken, griff ich danach, zog daran, immer heftiger, bis sie sich mit einem aberwitzigen „Plopp!“ schließlich öffnete.
„Verdammt!“
Das tat weh!

Vorsichtig versuchte ich, den Stecker der Plakette aus meinem Ohr zu lösen. Sie musste in all der Zeit ein wenig eingewachsen sein, denn egal wie sehr ich es auch wollte - die Plakette saß bombenfest.

Ein wenig ruckeln und zuckeln. Nun konnte ich es kaum mehr erwarten dieses furchtbare Ding endlich los zu sein! Als sie nicht nachgeben wollte, vergaß ich alle Ängste und zog in wilder Ungeduld an meinem Ohr, meiner Haut und allem dazwischen.

Riss alles in Fetzen. Die Einzelteile der Plakette polterten zu Boden, dafür blutete ich erschreckend heftig. Als sich das Ausmaß des Unglücks in einer viel zu großen, roten Pfütze auf meinem Fußboden sammelte, wurde mir übel. Aber immerhin - das Ding war raus. Schnell stillte ich die Blutung mit einem neuen Verband und als ich sicher war, dass er ausreichte, um die Heilung zu unterstützen, schleppte ich mich ins Bett. Es war Zeit, dass dieser Tag endlich endete.

Als ich erwachte, brannten meine Glieder. Feuer in jeder einzelnen Faser meines geschundenen Körpers. Verschwommen nahm ich die vorbeihuschenden Gestalten war - mehr Schatten als Licht. Verhuschtes, verwischtes Geflüster. Ich wollte mich bewegen, mich strecken und schütteln um den Schmerz loszuwerden, der mich plagte und konnte es nicht. Mühsam den Schlaf aus den Augen gezwinkert, frei gerieben an meinem Arm, der direkt vor mein Gesicht geschoben war, versuchte ich, die Augen zu öffnen.

Dieser Lärm!
Dieses Getöse um mich herum!
Wo war ich nur? Was war mit mir geschehen?

Das Letzte, an das ich mich noch erinnerte, war, am Abend zu Bett gegangen zu sein. Alles wie immer, nichts Ungewöhnliches.
Sie! Der Blitz der Erkenntnis durchfuhr mich mit einem Ruck, der heftiger nicht hätte sein können. Sie!
Sie mussten dafür verantwortlich sein. Das alles trug ihre unverkennbare Handschrift.

Die Gesellschaft zur Gleichstellung aller Lebewesen.

Verursacher meiner düsteren Träume, Verunstalter meines Ohrs und meines Lebens. Welche Schwierigkeiten hatten sie mir beschert, was musste ich erdulden ihretwegen, besser gesagt, der Gerechtigkeit wegen. Was war mir aufgebürdet worden!
Welche Kraft hatte es mich gekostet, das Geschehene zu verbergen, mein Leben wieder in reguläre Bahnen zu lenken.
Nicht aufzufallen.

Mich oben zu halten. Gleichzeitig die mir aufgetragenen Aufgaben zu ihrer Zufriedenheit zu erfüllen, nachdem sie mir die Freiheit, wenn mit gewissen Einschränkungen verbunden, wiedergeschenkt hatten. Wie ich versuchte das Gute, das Schöne und das Gerechte in mir an die oberste Stelle – ja als erstes Gebot zu stellen.

Wie sehr ich gekämpft hatte, in einer Welt die dem Bösen wohlgesonnen ist und die Guten unter sich begräbt. Ich hatte es versucht! Mein Bestes gegeben! Mein Leben, mein Denken umgekehrt. Ich war mutig voran geschritten in eine bessere Zukunft mit einem reinen Gewissen!

Und wie schnell waren mir die Schwierigkeiten dieser Umstellung bewusstgeworden. Wie die Vorsätze schon nach kürzester Zeit an die Grenzen des Machbaren stießen.

Wie unmöglich es war, beiden Seiten gerecht zu werden: Dem erfolgreichen Leben das ich mir selbst aufgebaut hatte und dem neuen, tugendreichen, gütigen Dasein, das mir auferlegt worden war. Tiefer und immer tiefer wieder zurück in das Sündenloch war ich gefallen, aus dem sie mich gezogen hatten.

Alles vergebens, Chance vertan. Die Scham über mein Verhalten kehrte zurück und ließ mich erröten. Ich konnte förmlich spüren, wie die flammende Glut der eigenen Verachtung meinen Körper überzog. Weil es nichts brachte, das Unabdingbare weiter hinauszuschieben, riss ich meine schmerzenden Augenlider mit einem Ruck brutal auseinander, verklebte Wimpern trieben mir Tränen in die Augen. Doch der Anblick der sich mir nun bot, war kaum zu begreifen.

Schluchten. Berge und Türme über und unter, vor und hinter mir, aus Käfigen und Gittern. Rostiges Eisen, wohin man auch sah. Verliese voller eingepferchter Hühnergestalten, die aufgeregt schnatterten und kreischten. Und wie sie aussahen – die armen Tiere! Mit krummen Schnäbeln und eitrigem Gefieder. Große, rote Wunden prangten auf ihren Körpern.

Überall schwirrten Federn, die sie sich in ihrer Not wohl selbst ausgerupft hatten. Eingerissene Krallenreste, mit denen sie mühsam versuchten, sich in ihrer Käfigburg aufrecht zu halten. Was nicht allen gelang.
Viele hatten bereits vor längerer Zeit aufgegeben, das konnte man deutlich sehen. Wimmerten, auf dem kalten Eisen liegend, warteten auf den nahenden Tod, der sie erlösen würde von diesem grausamen Schicksal.

Kot.

Überall.

Verklebt, verkrustet und versteinert zu einer festen Masse mit Eiter und Blut und Gefieder.

Was für ein Gestank!

So unerbittlich und brennend, dass er mir die Schleimhäute zu verätzen schien. Meine bis zur Unkenntlichkeit verbogenen Glieder fühlten sich bereits jetzt wie gebrochen an, ein unglaublicher Schmerz durchzog mich.

Irritiert blickte ich auf den Teil meines Körpers, den mein Blick erhaschen konnte. Rot von dem Gift, das in der Luft lag, verkrüppelt und verkrampft in den Hühnerburgen, sah auch ich mich meinem Ende nah.

Teil 3

Oh Seelenvogel, flieg und kehr' nicht wieder.

„Nein!“ Mit einem panischen Schrei fuhr ich hoch. War ich ohnmächtig geworden, war ich eingeschlafen? Schwer das zu unterscheiden. Für den winzigen Bruchteil einer Sekunde glaubte ich, aus einem Alptraum zu erwachen.

Wähnte mich zu Hause. In meinem Bett. Ein kurzer Augenblick des Glücks. Länger dauerte es nicht, bis die giftigen, plumpen Dämpfe der Überzahl an zusammengepferchten, kranken Tieren sich erneut in meine bereits gefährlich geschwollene Nase drängten, mich quälten, lähmten – fast verrückt werden ließen.

Mir klar machten, wo genau ich mich befand. Nichts hatte ich an mir, bei mir, mit dem ich mich hätte schützen können.
Mich abschirmen, die verheerende Wirkung der gesammelten Sinneseindrücke etwas mildern. Ich drehte mich und wand mich – so sehr es die Enge meines Gefängnisses eben gerade zuließ - und konnte doch nichts entdecken, das mir in meinem Zustand helfende Dienste geleistet hätte.

Sie hatten mir alles genommen, wie ich zu meinem Erstaunen feststellen musste. Ich war vollkommen nackt. Wie lange war ich wohl schon hier?

Ohne Uhr, und durch das immer gleiche, blendend grelle Licht, das aus endlos anmutenden, beständig vor sich hin summenden Neonröhren an der Decke dieser monströsen Produktionsmaschinerie sein diffuses Leuchten verbreitete, war es mir unmöglich, Zeitabstände abzuschätzen.

Minuten.
Stunden.
Tage. Wochen?

Alles war möglich und nichts musste stimmen. Fast war ich mir sicher, dass die Lebenszeit hier schneller verrann, als es so ganz allgemein üblich war.

Wenn man bei diesen Bedingungen überhaupt von „Leben" sprechen konnte. Ein nervöses Gluckern. Fast hätte ich gelacht.
Wäre es nicht so unglaublich traurig. Eine von Menschenhand geschaffene Grausamkeit unglaublichen Ausmaßes. Kam hier jemals eine Seele vorbei?

Oder versuchten sie, den Anblick zu vermeiden? Auch wenn ich nur all zu gerne daran glauben würde, die Hoffnung hegen auf baldige Rettung, so war ich mir doch ziemlich sicher, in dieser kruden Situation auf mich alleingestellt zu sein.

Wie hätten sie es sonst so einfach bewerkstelligen können. Einen bewusstlosen, erwachsenen Mann meiner Größe und Statur unbemerkt hier herein und in diesen Käfig zu verfrachten, ohne dabei ertappt zu werden, das ließ nicht gerade auf besonders ausgeprägte Sicherheitsmaßnahmen schließen. Und dazu noch dieser Lärm.

Diese allübertönende Melange aus Gegacker, aus Kratzen, Picken und Hacken. Das Futter, die Federn und anderen Körperlichkeiten, die durch die Gegend flogen. Die Eier, die nach unten fielen, und das stetige Summen und Surren der Geräte. All die Qualen, die Pein und das Leid.
Das hier war wirklich die Hölle auf Erden.

Soweit es ging, versuchte ich, durch den Mund zu atmen, doch ohne Hilfsmittel verbesserte das meine Situation nur marginal. Das alles hier, dieser Ort, das war zu viel für mich. Für meinen Körper. Für meinen Geist. Das Wissen das ich selbst mein gesamtes Leben lang mit meinen Käufen, meinem Verzehr - mit den Entscheidungen die ich jeden Tag mehrmals traf - dieses und anderes, tausendfaches Leid verursacht zu hatte, brachte mich um den Verstand.

Um was es sich auch drehte, sei es Kleidung, Nahrung oder seien es Pflegeprodukte,

niemals hatte ich auch nur den geringsten Gedanken daran verschwendet, was ich mit meinem Konsum begünstigte.
Auf Unwissenheit konnte ich meine Schuld nicht schieben - waren Betriebe dieser Art und die unter diesen Zuständen regelmäßig entstehenden Lebensmittelskandale doch ein allgegenwärtiges Thema in den Medien.

Der Mensch ist blind.
Der Mensch ist taub.
Der Mensch ist stumm.

Und das nur all zu gern. „Das hat doch nichts mit mir zu tun!“ Wie einfach war es, weiter zu blättern, zu zappen, zu klicken. Die nächste Schlagzeile wartete schon. Während sich das Leid ungehindert fortsetzen konnte. Gerechtfertigt durch die erbarmungslosen Gesetze der freien Marktwirtschaft von Angebot und Nachfrage.

Möglich gemacht von jenen, die sich an diesen hilflosen Kreaturen in maßloser Art und Weise bereicherten. Da spielten ein paar Leben keine Rolle. Wie viel davon ging auf meine Kappe? Welche Qualen hatte ich verursacht? Wie viele Leben genommen?

Unmöglich das zu errechnen. Je mehr ich darüber grübelte, desto mehr viel mir ein. Der Turm meiner Schuld baute sich in meinem

Inneren auf und wuchs höher und höher. Bis sein Gipfel das Dach des Gebäudes zerschlug, die am Himmel stehende, düstere Wolkenwand durchbrach, und in den unendlichen Weiten des Universums verschwand.

Vergebens versuchte ich, die aufbrandende Panik zu bekämpfen die sich in meinem gegen die Umstände ankämpfenden Körper breitzumachen begann. Ich zitterte, gleichzeitig wurde mir heiß und kalt. Als die Ader an meinem Hals anfing, schmerzhaft stark zu pochen, wurde mir klar, dass alles vergebens war.
Das ganze furchtbare Szenario verschwamm bereits vor meinen tränenden Augen, während ich den letzten klaren Gedanken dachte.

Würde ich diesen Ort jemals wieder verlassen?
Halt!
Nein!

So durfte es nicht enden! Mit einem gewaltigen Ruck bäumte sich alles in mir gegen die nahende Schwärze auf. Ich war doch ein Kämpfer! Ich war doch ein Gewinner! Wie oft und mit welcher Intensität und Rücksichtslosigkeit hatte ich auf den Schlachtfeldern meiner beruflichen Laufbahn nur mit der Hilfe meines eisernen Willens, meiner angeborenen Verbissenheit und dem verlockenden Ziel im Blick beinahe aussichtslose Schlachten geschlagen! Strategien entwickelt, Hinterhalte geplant und scheinbar übermächtige und erfahrene Gegner vorgeführt. Ich erkannte mich selbst nicht wieder.

Ließ ich mich so mir nichts, dir nichts von dieser Situation übermannen? Jung und stark wie ich war, musste es doch ausreichend Reserven geben, die es nur zu aktivieren galt. Egal, welches Leben ich in der Vergangenheit auch gelebt haben mochte: Wenn ich es schaffen sollte diesen Zwinger zu verlassen und meine Kräfte für das Gute einzusetzen - ich könnte so weit kommen!

Aber zuerst einmal muss ich hier heraus.
Der Körper wund, die Glieder verrenkt und schwach. Meine Augen zu Schlitzen zusammengezogen, fokussiert. Auf der Suche nach einer Schwachstelle im Material ging ich Millimeter um Millimeter der Verstrebungen meines Käfigs durch. Hoffnungsvoll tastend und prüfend.
Bis ich sie fand.

Es war nicht gerade eine offene Tür, aber mit meinen letzten, gesammelten Kräften und etwas Konzentration konnte ich es schaffen. Ich schloss die Augen und atmete dreimal stoßweise aus. „Du kannst es schaffen!“

„Du wirst es schaffen!“ „Du schaffst es!“ Und mit einem Kampfschrei, der alles Federvieh in der Halle für ein paar Sekunden vor Schreck verstummen ließ, begann ich auf die Stelle einzutreten, die ich für porös hielt. Tritt für Tritt. Schrei für Schrei. Hoffend, dass sie irgendwann unter der angewandten Gewalt nachgeben würde.

„Lasst mich hier raus!“
„Lasst mich hier raus!“
„Lasst mich hier raus!“

***

Zur gleichen Zeit, an einem Ort nicht weit entfernt, sitzt eine junge Frau auf einem Stuhl an einem Tisch inmitten einer Gruppe wild diskutierender Menschen und pult das unschuldige Etikett in kleinen fusseligen Fitzelchen vom Rand ihrer Bierflasche. Ihr Magen grummelt. Ihr ist unwohl. Sie möchte etwas sagen und traut sich nicht.
Um sie herum streiten und trinken und lärmen sie, während sie auf den richtigen Moment wartet, der vermutlich niemals kommen wird.

Doch es musste gesagt werden. Daran führte kein Weg vorbei. Seit geraumer Zeit bereits rang sie mit sich.
Genug.
Sei´s drum!
Sie krümmt ihre zierliche Hand zur Faust - nimmt Anlauf und all ihren Mut zusammen und lässt sie auf den Tisch herniederfahren. Die Wucht lässt die Gläser und Flaschen zitternd klirren. Die Gestalten verstummen augenblicklich. Zeit das Wort zu ergreifen.

„Gesellschafter!"
„Treue Gefährten!"
„Freunde!"

Platzt es voller Inbrunst aus ihr heraus. Jetzt ist ihr die Aufmerksamkeit eines jeden gewiss.

„Es gibt etwas, das ich mit euch besprechen muss." „Es gibt einen Umstand, der Anlass zur Diskussion gibt, und möglicherweise auch zur Handlung." „Was mir auf der Seele brennt, ist die Frage, ob wir dem armen Sünder nicht zu viel zugemutet haben. Ich weiß die Folgen nicht in Gänze abzuschätzen, doch ich fürchte, sein Leben ist in ernsthafter Gefahr." „Darum frage ich euch heute: Hat er nicht ausreichend gebüßt? Wäre es nicht an der Zeit, ihn zu befreien?"

Stille.
Nun könnte man eine Stecknadel fallen hören.
Kein Mucks.
Kein Mäuschen, das sich regte.

Halb im Erstaunen, halb im Schreck starrten sie die Augenpaare der Sünden und der Tugenden an. Es vergingen Minuten, die ihr wie Stunden vorkamen, bis einer entsetzt aufrief: „Ich glaube es nicht - sie wird weich!" Zustimmendes Grummeln von Seiten einiger Mitstreiter. Was den Ätzer noch weiter anzustacheln schien.

Schmunzeln. „Du wirst dich doch nicht etwa verschaut haben in diesen Sünder!" Trumpfte er - nun bestärkt in seiner Meinung - auf. Röte trat in ihr Gesicht. Das ärgerte sie, da es aus Verlegenheit geschah und sie doch

schuldig aussehen ließ. Zum Glück war es nicht gerade hell, dort wo sie sich versteckten. „So lass doch bitte diese Albernheiten!" Rief sie so empört und selbstsicher wie es ihr nur möglich war in die gespannt wartende Runde.
„Mir geht es einzig und allein darum, sein Leben zu schützen." „Ich denke, wir haben es vielleicht ein wenig zu weit getrieben." Und etwas leiser: „Ich bin mir nicht sicher, ob das gut ausgehen wird." „Das darf doch wohl nicht wahr sein!" „Vielleicht hat sie recht!" „Wir sollten zumindest darüber reden ..."

So tönte es nun von allen Seiten, es entbrannte eine hitzige Diskussion über das, was er verdient und nicht verdient hatte, was ein Mensch ertragen kann und was die Tiere ertragen müssen. Lauter und lauter wurden die Stimmen. Ein jeder versuchte, seine Argumente zur Geltung zu bringen, so dass sie nach ein paar Minuten fast schrien und keiner mehr in der Lage war, auch nur sein eigenes Wort zu verstehen.

Von denen der Anderen ganz zu schweigen. So war wirklich niemanden geholfen. Verzweifelt ob dieses Chaos setzte sie sich seufzend auf ihren Stuhl zurück. Sie versank in Überlegungen, was zu tun wäre, als eine Stimme gellend schrie:

„Ruhe im Saal! Und setzt euch!“
Siebenzahl hatte das Wort ergriffen. Sie atmete erleichtert auf. Nun gab es Hoffnung. „Ich denke, dass ich in diesem Falle für alle heute Anwesenden spreche.“ Hier machte er eine bedeutsame Pause um einen warnenden Blick in die Runde zu werfen, „dass es kein Ziel der Welt wert sein kann, ein Menschenleben zu riskieren - und sei es noch so sündhaft.“
Das saß.

Einige sahen betreten zu Boden, scharrten verschämt über die eigenen, bösartigen Gedanken im Sand zu ihren Füßen herum. Andere begannen sich erneut auseinander zu setzen. Was nun richtig sei und was falsch. Es entbrannte ein leidenschaftliches Gespräch über Ethik und Moral, wie Sie sie in der Vergangenheit schon so oft geführt hatten.

Ein Thema ohne Anfang und Ende. Während kostbare Zeit ungenutzt verstrich. Als nach einer ganzen Weile des Abwägens von Für und Wider klar wurde, dass sie es als Gruppe niemals bis zum Konsens schaffen würden, beschloss sie, einen Schlussstrich zu ziehen. Erhob sich von ihrem Platz und klopfte mit einem ihrer Ringe entschlossen gegen die inzwischen leere Flasche, die vor ihr stand. Die grell klingenden Töne verfehlten ihre

Wirkung nicht.

Es herrschte augenblicklich Ruhe. Die Aufmerksamkeit aller war ihr gewiss. Sie atmete tief ein und erklärte, was sie sich vorstellte. „Wie wäre es, wenn wir uns vorerst darauf einigen nach dem Rechten zu sehen? Besteht dann Handlungsbedarf können wir immer noch vor Ort entscheiden ob wir eingreifen oder nicht!"

Atmen.
Warten.
Horchen.

Würden die anderen diesmal einwilligen? Oder begann der Kampf nun von vorn? Zu ihrem großen Erstaunen ging ein durchaus zustimmendes Raunen durch den Raum. Der richtige Nerv war getroffen. Nun galt es anzuknüpfen. Noch bevor sie ihren Vorschlag ausführen konnte, ergriff Siebenzahl erneut das Wort.
„Nun ist es also beschlossenen Sache. Hiermit verfüge ich, dass sich eine Delegation auf den Weg macht, um die Situation zu überprüfen und gegebenenfalls zu handeln. Je kleiner die Gruppe ist, desto leichter wird es uns fallen nicht entdeckt zu werden." Fuhr er fort.

Ohne auch nur einen Augenblick zu zögern

rief er dominant und zugleich fragend in Richtung seiner Mitstreiter: „Freiwillige!" Wie vom Donnerschlag gerührt traten alsbald vier der Gesellschafter nach vorn. Mit entschlossenen Mienen und mutiger Geste. Ihr Anführer schien damit zufrieden zu sein. Bestätigend nickte er ihnen zu, bevor er sich mit einem Ruck zu ihr umdrehte um sie an sich heran zu winken. „Wir beide werden sie natürlich begleiten."

Erleichterung. Ein warmes Gefühl der Freude breitete sich in ihr aus. Das war großartig. Würde ihm etwas geschehen, verursacht durch ihre Hand, sie könnte es sich niemals verzeihen. So hilflos wie er doch war. Alles was er brauchte, war jemand, der sich ein wenig um ihn kümmerte. Ihn an der Hand nahm und ihm den richtigen Weg zeigte. Da fiel ihr auf, dass sie lächelte.

Sie erschrak. Hatte sie vielleicht doch Gefühle für diesen armen verirrten Sünder entwickelt? Noch bevor sie sich dessen bewusstwerden konnte, wurde sie aus ihren Gedanken gerissen. Und das auf eine sehr unsanfte Art und Weise. Versunken wie sie war, hatte sie nicht bemerkt, dass die anderen fünf bereits fix und fertig und zum Aufbruch bereitstanden. Die Umhänge waren umgelegt und festgezurrt. Die Masken auf den Gesichtern zurechtgerückt. Die Stimmen *verzerrt.*

Als der Ruf ertönte, rissen sie Sie einfach mit sich. Es ging hinaus. In die Nacht. Die Dunkelheit. Und niemand vermochte zu sagen, was sie ihnen beschehren würde.

***

Ein gnadenlos pochender Schmerz zog sich von seiner blutenden, aufgerissenen Fußsohle durch sein gesamtes Bein bis ins tiefste Mark. Kein Nerv, den er nicht deutlich spürte. Keine Stelle seines Körpers war auszumachen, die nicht erfüllt war vom Grauen.

Doch der Wille war ungebrochen. Er konnte bereits spüren, wie das Material nachgab. Es war keine Täuschung. Bei jedem seiner Tritte - ein jeder für sich eine Überwindung - ächzte es ein wenig schwerer, bog sich und wand sich ein klein wenig mehr unter der auftreffenden Kraft. Bald wäre es geschafft. Plötzlich ein Grinsen. Die letzte Impfung hatte sich wirklich gelohnt. Galgenhumor. Innerlich pragmatisch, wie so oft, wägte er ab. Was wäre ihm sein Leben wert? Sein Überleben. Ein verlorenes Bein? Oder zwei?
Erfrorene Gliedmaßen, entzündete Wunden? Zu seiner eigenen Überraschung für sein altes, eitles Wesen gab es nichts, das ihm das Weiterleben vereiteln konnte.

Wo war der Mensch hin, der sich nur in Designerklamotten so richtig gut gekleidet fühlte. Wohin der körperfixierte Pfau, der täglich ins Fitnessstudio und fast genauso häufig zum Bräunen rannte?

Der Menschen mit Makeln verachtete und für faul, einfältig und nicht motiviert hielt?

Gerade entdeckte er vollkommen neue, unbekannte Seiten an sich selbst. Die Wandlung hatte bereits begonnen. Sein Bein tropfte. Er selbst schwitzte.

Es ging ihm so dreckig wie nie zuvor. Die Situation war nahezu aussichtslos. Und doch konnte er sich nicht daran erinnern, sich jemals so lebendig gefühlt zu haben. Was es ihn auch kosten würde, er war bereit, den Preis zu zahlen, das war ihm nun klar.

Die letzten Reserven aufbringend, das Gesicht dunkelrot vor Anstrengung, zog er sich in sich zusammen. So viel Anlauf wie möglich nehmend. „Eins. Zwei." - auf drei ließ er seinen Fuß mit all der gesammelten Wut und Verzweiflung, die sich in den vergangenen Stunden aufgebaut hatte, auf das Gitter schnellen - nichts geschah.
Das konnte doch nicht wahr sein! Japsend um Luft starrte er ungläubig auf das zitternde, schwingende Metall vor ihm, das einen merkwürdig schnurrenden Singsang von sich gab.

Da! Ein Riss! Ein Bruch! So minimal seine Anzeichen auch waren, er war da. Endlich ein Schimmer der Hoffnung. Nun war es an ihm. „Lasst mich hier raus!" Schrie er erneut, trat wie von Sinnen in kleinen, heftigen Tritten gegen die Wände seines Verlieses. „Lasst mich endlich hier raus und ich schwöre bei

Gott, ich werde mein Leben ändern!“ Und es brach. Mit einem fast unmerklichen aufgebenden Seufzer löste sich ein Scharnier aus seiner Verankerung, bog sich langsam nach unten.
Fiel.
Segelte durch die Käfigreihen. Stieß sich links, sprang rechts ab, um schließlich mit einem lauten Klirren am Boden anzukommen.

Frei!

Das war nicht zu glauben. Jetzt nichts wie raus hier! Schneller, als er es in seinem Zustand empfehlenswert war, kletterte er, abwechselnd zischend und fluchend vor Schmerz, aus der Käfigburg über die Futterreihe hinunter auf den Boden.
Ignorierte die Risse und Kratzer, die er sich dabei zuzog. Sie spielten im Großen und Ganzen sowieso keine Rolle mehr. Das Einzige das ein wenig half, war die Tatsache, dass seine Sohlen mittlerweile fast taub zu sein schienen. Wenig beruhigend, doch darum würde er sich später kümmern. Suchend blickte er die Wände entlang. Keine Tür zu sehen. Fenster auch nicht. Alles eine einzige Wand. Ein Wall gegen die Blicke Unbeteiligter. Natürlich.
Klar.
Wem würde sein Frühstücksei noch schmecken, wer würde fröhlich Kuchen backen,

wenn er täglich in diesem Kerker hineinblicken müsste? Mit eigenen Augen sehen würde, unter welchen Umständen hier produziert wird? Die Antwort war klar. Niemand.

Nicht einmal die Abgebrühtesten unter den Menschen, denen das Tierleid nicht zusetzt, würde der Ekel erspart bleiben, der bei diesem Anblick zweifelsohne aufkam. Angewidert schüttelte er den Kopf.

„Ich war selber einer von ihnen. Aber glaubt mir - ich werde es wieder gut machen!“ Mit eiserner Entschlossenheit und all der Wut über das, was der Mensch mit seiner eingebildeten Macht über seine Mitlebewesen glaubt, anrichten zu können, humpelte er auf einen der riesigen Futterbehälter zu. Er riss ihn hoch und warf ihn mit einem lauten Schrei gegen die mit billigsten Mitteln zusammen geschraubte, und über und über von gefräsigem Rost durchsetzte Wand - die augenblicklich barst.

Die frische, reine Nachtluft drang herein und die ohnehin schon aufgeregten Hühner verstummten vor Schreck. Was für ein Moment. Draußen war alles dunkel, friedlich und ruhig. Er atmete tief ein. Sog den wohltuenden Duft in seine gestressten Lungen.

Fast geschafft. Gleich konnte es losgehen.

Er konnte hinaustreten, befreit aus seinem Gefängnis, aus alten Gewohnheiten und Unwissenheit. Hinein in ein neues, besseres Leben.

Er drehte sich um - blickte auf die Scharen von Tieren. Hunderte Augen, die ihn verängstigt ansahen.
„Jede Reise beginnt mit einem ersten Schritt! Und euch meine Freunde, euch nehme ich mit."

***

„Brr" Eine ziemlich kühle Nacht, um unterwegs zu sein. Viel zu kühl. Sie beobachtete ihre Begleiter, die vor ihr wanderten. Auch sie schlotterten. Um nicht entdeckt zu werden, hatten sie den Weg durch den Wald gewählt.

Zu Fuß und ohne ein verräterisches Licht folgten sie dem kilometerlangen Pfad, der sie bis hin zu einem kleinen Hügel führen würde, von dem aus sie einen Blick auf das Gebäude werfen konnten. Das war auch die letzte Sicherheit, die sie vor den Augen anderer verbarg. Der Weg hinein war immer eine Gefahr.

Doch eines nach dem Anderen. Sie hoffte inständig, dass es ihm nicht allzu schlecht ging. Ihr Gewissen quälte sie und ließ sich nicht abschütteln. Mochten die anderen ihre Meinung haben, und die Ziele die sie gemeinsam zu erreichen strebten auch lobenswert sein, sie wusste, dass sie diesmal zu weit gegangen waren.

Platsch! Ein winziger Tropfen, der sich seinen Weg durch die Wipfel der Bäume gebahnt hatte, nahm auf ihrer Nase Platz. Schnell zog sie die Maske herunter und die Kapuze tiefer.
Jetzt auch noch Regen.

Das Tempo erhöhte sich. Die feuchten Wurzeln und Kiesel quietschten unter ihren Schuhen. Das Gras raschelte, als es vom Nachthimmel leise zu prasseln begann. Schnell brachten sie die letzten Meter bis zum Ende des Waldes hinter sich. Hier stoppte der Zug. Im schützenden Mantel der Dunkelheit, die sie umgab, begannen sie, die Anhöhe emporzuklettern. Kurz bevor sie das Ende erreichten, zischte es leise durch die stummen Reihen. „Stop!“

Siebenzahl, der ganz vorne war, hob die Hand zum Zeichen des Innehaltens. „Wir müssen uns nun genau überlegen, was wir tun." Warnte er. „Schon das kleinste Missgeschick, ein unüberlegter Schritt, kann uns verraten und die ganze Mission zum Scheitern verurteilen." Ihr Herz pochte. Die drohende Gefahr lähmte sie und ließ sie zu Boden sinken.

Die anderen taten es ihr nach. Da saßen sie nun. Sechs Gestalten im Kreis im Dunklen. Wie sollte es weitergehen? „Ich denke," und hier ergriff eine der Tugenden das Wort, „wir sollten nicht alle gehen." „Entdeckt man uns, können die Übrigen fliehen." Richtig. In einer solchen Gruppe um das Gebäude zu schleichen war viel zu auffällig. Sie war die Anstifterin zu diesem Ausflug. Wegen ihr waren sie alle hier.

Nun konnte sie nicht kneifen. „Ich werde gehen!" Sprach sie mutig vor. „Das ist doch vollkommen klar." „Gut" nickte Siebenzahl. „Ich werde dich begleiten." „Doch bevor wir gehen, sollten wir uns einen Überblick verschaffen." Zustimmendes Nicken. „Dann los!"
Mit diesem Signal machten sie sich daran den letzten Meter zu erklimmen, um sich dort fürs Erste auf die Lauer zu legen.

Als ein Knall die Stille durchbrach. Erstarrt vor Schreck ließen sie sich auf den Boden fallen. Was war denn das?

Sie blickte zu Siebenzahl. Er blickte zurück. Nickte. Gemeinsam krabbelten sie die verbliebenen Zentimeter zum Gipfel des Hügels hinauf, auf allen vieren.

Es dauert nur einen kurzen Moment, bis die Informationen, die das menschliche Auge erblickt, ihren Weg über den Sehnerv bis hin ins Gehirn nehmen. Wo sie gedreht, verarbeitet und auf Grund unseres Wissenstandes und unserer Erfahrungswerte bewertet werden. Noch einen Moment später standen ihnen bereits die Tränen in den Augen. Sie weinten nicht.

Nein. Die Augen gingen ihnen über vor Freude. Liefen in Strömen, schwappten über die Augenlider. Paarten sich mit dem Regen, der vom Himmel tropfte und kullerten ungebremst die Wangen hinunter um kurz darauf zu Boden zu fallen, wo sie ihren Weg zurück in die Erde fanden.

Schluchzen.
Grinsen.
Lachen.
Schuld war das Bild, das sich ihnen so unverhofft bot.

Hühner.

Hunderte und tausende trappelten, vor Freude ekstatisch gackernd und schnatternd, über das neblig dampfende Feld, das vor ihnen lag. Fühlten die feuchte Erde zu ihren Krallen, atmeten das erste Mal in ihrem Leben unverdorbene Luft. Schmeckten die Freiheit. Im Schein des Neonlichts, das aus dem Loch in der Wand trat, breiteten sie ihr Federkleid aus, flatterten wild hin und her und gurrten vor Freude. Immer mehr Hühner strömten aus der klaffenden Wunde in der Kerkermauer. Und mitten in dieser wilden Schar - ihr Befreier.

Seine von den Strapazen der letzten Wochen und Monate arg in Mitleidenschaft gezogene Gestalt trat hinter dem Ausdruck in seinem Gesicht gänzlich zurück. Wer sich jemals die Frage gestellt hatte, wie man den Ausdruck „selig" definieren könnte, fand hier seine Antwort. Er stand einfach nur da. Beobachtete das Treiben um sich herum. Sah, wie die überglücklichen Tiere schier Kapriolen schlugen. Federn stoben und flogen in wilden, wolkigen Wirbeln um ihn herum.

Kurz gesagt: Es war ein Anblick für Götter.

Epilog

Jahre waren vergangen seit dieser denkwürdigen Nacht.

Eine Nacht in der alle Wahrheiten, die er bis dato verinnerlicht hatte, zersprangen.
Sich zerteilten in eine riesige, regenbogenfarbene Masse mikroskopisch kleiner Pixel, die wild durcheinander flogen, hüpften und tollten. Sich fanden, aufeinander zu bewegten und wieder abließen. So lange, bis sich seine bekannte Weltordnung einmal um die eigene Achse gedreht hatte.

Alle Dämme waren gebrochen, alle Mauern niedergerissen. Endlich war er in der Lage, klar zu sehen. Nun war sein Geist frei. Aus dieser Nacht ging er als neuer Mensch hervor. Verließ sein altes Leben und blickte nie zurück.
Von da an widmete er seine Zeit ausschließlich dem Guten.

Er hatte sich geschworen, dass nie wieder ein Lebewesen seinetwegen leiden würde. Um die Sünden seiner früheren Taten auszugleichen, wollte er auch anderen Menschen den rechten Weg aufzeigen. Deshalb zog er als Botschafter der Hilflosen durch die Welt. Klärte auf, diskutierte und demonstrierte wo immer sich ein Grund dafür fand. Und Gründe gab es genug.

Es ging ihm gut. Nur manchmal, wenn sich seine Gegenüber allzu störrisch zeigten, Ihre festgesetzten Meinungen nicht ändern wollten, nicht die winzigste Regung von Empathie für all die anderen Lebewesen, mit denen wir uns den Platz auf unserem wunderschönen Planeten teilen, zeigen wollten, sich das Gefühl aufdrängte, ihnen nicht helfen zu können, was immer er auch versuchte – dann dachte er kurz an das Geschehene zurück. An die Taten, die begangen wurden. Die Menschen, die ihn verändert hatten. Automatisch griff er dabei an die Narbe an seinem Ohr.

Dort, wo einst die Marke hing. Gedankenverloren rieb er über die rötlich verfärbte Stelle. Es beruhigte ihn, ermahnte aber gleichzeitig auch.
Hin und wieder spürte er in diesen verzweifelten Momenten der Orientierungslosigkeit die beruhigende Berührung einer Hand auf seiner Schulter. Eine Stimme, die ihm Mut zuflüsterte.
Ein gehauchtes „So ist es gut – lass dich nicht beirren." an seinem Ohr. Doch egal wohin er auch blickte - es war niemand zu sehen.

Ende

Wie wird die Geschichte weitergehen?
„Placebo" Teil 2 erscheint Ende 2018.

Nachwort

First of all:
Danke für das Lesen meines Buches!

Ich habe damit ein Projekt verwirklicht, das mir schon lange Zeit sehr am Herzen liegt, und hoffe auf Themen aufmerksam zu machen, die mich bewegen. Getragen von der Hoffnung, diejenigen die meiner Meinung sind zu bestärken und andere, denen diese neu sind zum Nachdenken zu bewegen. Wie wir als Gesellschaft nicht nur miteinander - sondern auch mit allen unseren Mitlebewesen umgehen.

Ich komme nicht umhin, darauf zu verweisen, dass die Geschichte in diesem Buch rein fiktiv ist und zudem keineswegs eine Anleitung oder Anstiftung zu unmenschlichen oder nicht rechtlichen Handlungen sein soll.

Danksagungen

Vielen Dank an meine Chefin und Verlegerin Karolina Kelc (GrünerSinn-Verlag) , die die Erste war, die meiner Idee Gehör geschenkt hat und mich im weiteren Verlauf rückhaltlos unterstützt hat.

Ein weiterer großer Dank gilt auch dem Aktivisten, Tierschützer, Künstler und Autoren Chris Moser, der nach der Lektüre der ersten Auszüge dieses wunderbare Vorwort für mich geschrieben hat.

Was wäre dieses Buch ohne die beiden Bilderkünstler, die das Cover ins rechte Licht gerückt haben?

Many thanks to:

Sandra Spitzer und Patrick Spychala von Sandra Spitzer Photography und DocSnyder-Photo für das erste stimmungsvolle Cover - ihr beide versteht es auf unglaubliche Weise, meine wirren Vorstellungen nicht nur zu verstehen und in meinem Sinne umzusetzen. Ihr mischt sie mit eurem eigenen Können und eurer Fantasie, bis am Ende etwas Großartiges entsteht. Leider konnten wir es am Ende doch nicht, wie geplant, verwenden.

Last but not least danke ich Nicole König für das gelungene Lektorat, bei dem sie phantastische Arbeit geleistet hat. Außerdem hat Nicole einen Teil ihres Honorars als Projektspende erlassen. Dadurch war es uns erst möglich, diesen Roman mit den vorhandenen Mitteln zu veröffentlichen.

Lieben Dank auch unserer Druckerei Grasl FairPrint- die alles vegan und tierleidfrei auf Papier gebannt hat, so dass es nun fix und fertig vor euch liegt.
(Infos dazu unter grasl.eu)

Vielen Dank euch allen! Ohne euch wäre es niemals das Buch geworden, das es ist. Ich kann mich sehr glücklich schätzen, von so vielen grandiosen Menschen umgeben zu sein.

Daniela M. Spitzer

Startnext

Dank der Kampagne auf Startnext durfte ich noch weitere Menschen finden die an dieses Buch glaubten und investierten.

Herzlichen Dank an:

Johann Erhard
Der sich mit seiner Spende die allererste Ausgabe sicherte, die die Druckerei verlässt.

Pia Lang
„Für alle Tiere auf der Welt!“

Sowie:

Katharina Krüger, Jorina Erhardt, Michaela Pollack, Carmen Beran, Max Kay, Christian Müller, Robin Kählert, SamVau, Angela und Roman Raich, Ines Giefing, Susanne Steiner, Chris Runda, Dagmar Grosch-Rieck, Ann-Kathrin Wedekind, Konni Staudt, Uwe Zeilinger, Sandra Spitzer, Matthias Rathje, Patrick Spychala, Tia Anner, Marco Dehmel, Manfred Kaksch, Robert Nachama, Carina Engle, Alex Saternus, Dagmar Fincke, Erdme Brüning, Regina und Viktor Spitzer, Christian Spitzer, Eva Maria Brauer und Mandy Böck.

Über
Daniela M. Spitzer

Daniela M. Spitzer,

ist Restaurantmeisterin und Ernährungsberaterin. Nach langen Jahren in diesen Berufen begann sie ein Studium der Kulturwissenschaften und zog in die Berge um zu schreiben.

Heute arbeitet sie im Marketing und PR-Bereich des **GrünerSinn-Verlages** und als freie Journalistin für Zeitungen und Internetmagazine.

Sie veröffentlicht Kurzgeschichten, (**„Das Kalb“**) und legt nun mit **„Siebenzahl“** ihren ersten Roman vor, dessen Fortsetzung **„Placebo“** 2018 erscheinen wird.

GrünerSinn-Verlag
... der vegane Verlag

Bücher, die begeistern. Weil sie frisch, charmant und etwas anders sind – und dazu ökologisch, nachhaltig und sozial produziert: Dafür steht der **GrünerSinn-Verlag.** Autoren, Illustratoren und Verlagsmitarbeiter arbeiten eng, offen und ehrlich zusammen.

Mit Erfolg: Der kleine Verlag wächst kontinuierlich, und das Verlagsprogramm umfasst bereits zahlreiche unterhaltsame und informative Geschichten für Groß und Klein sowie Sach- und Kochbücher. Zum Lesen, Anschauen und zum Hören. Das Sortiment bietet außerdem Zeitschriften und Postkarten.

Gegründet 2013, produziert der **GrünerSinn-Verlag** von Anfang an alle Druckerzeugnisse klimaneutral und frei von tierischen Produkten, sprich: komplett vegan. Denn für die Gründerin und Geschäftsführerin Karo Kelc und ihr 15-köpfiges Team stehen Leben und Umwelt an erster Stelle – begleitet von erstklassigem Branchenwissen und langjähriger Erfahrung in renommierten Verlagen. Die Mitarbeiter akquirieren und betreuen Autoren, lektorieren professionell, kümmern sich um Satz, Herstellung, Marketing und Vertrieb der Werke. Zu fairen Bedingungen für alle.

Willkommen sind Autoren und Illustratoren, die ein Zeichen der Veränderung setzen und dies in Wort und Bild realisieren möchten.

Vegan in anderen Umständen

Ratgeber und Kochbuch rund um die gesunde vegane Schwangerschaft, Rückbildung und Stillzeit

Eine gut durchdachte vegane Ernährung bietet zahlreiche gesundheitliche Vorteile. Und das für alle Lebensabschnitte - auch die Schwangerschaft und Stillzeit.

Vegan in anderen Umständen gibt vegan lebenden (werdenden) Müttern und ihren Familien wertvolle Tipps für die gelungene Schwangerschaft und die Zeit danach. Es klärt wissenschaftlich fundiert über gesundes Essen und Leben sowie Nährstoffe auf und bietet 133 leckere Rezepte für den Alltag. Mit einer Einleitung und Statements renommierter Ernährungsmediziner, Gynäkologen, Hebammen und Kinderärzte.

Autoren: Carmen Hercegfi & Sarah Gebhardt
Satz & Gestaltung: Angela Schneider
Fotografie: Christopher Große-Cossmann

288 Seiten
21,0 x 21,0 cm
Preis: 34,95 €
ISBN: 978-3946625100

Zur Bestellung:
veganverlag.de/shop

green love

green love ist das Kochbuch für eine moderne, köstliche und gesunde Pflanzenküche. Mit über 100 genialen Rezepten nimmt Foodbloggerin und Kochprofi Lea Green ihre Leser mit auf eine spannende Entdeckungsreise in die Welt der pflanzlichen Ernährung.

Lea zeigt, wie veganes Essen im Alltag wirklich funktioniert. Ihr kreativer, unkonventioneller Kochstil ist mehrfach preisgekrönt und begeistert schon heute Millionen Menschen im Internet.

Das Kochbuch beinhaltet Rezepte für tolle Frühstücksideen, geniale Snacks, herrliche Dips und Aufstriche, wunderbare Bowls, leckere Alltagsklassiker, aromatische Suppen und traumhafte Süßspeisen. Leser tauchen hier in die ganze Bandbreite und Vielfalt der veganen Ernährung ein. green love zeigt in schönster Weise, wie eine gesunde abwechslungsreiche und vollwertige vegane Ernährung das Leben in jeder Hinsicht bereichert. green love - das ist Essen, das gesund, satt und glücklich macht.

Autorin: Lea Green

256 Seiten
21,0 x 29,0 cm
Preis: 24,95 €
ISBN: 978-3946625285

Zur Bestellung:
veganverlag.de/shop

Simply Vegan

„Simply vegan" kennen viele als erfolgreiches Food-Blog. Jetzt haben dessen Autoren Tamara Münstermann-Pieta & Sebastian Schwarz ihr erstes Kochbuch geschrieben.

Im GrünerSinn-Verlag erschienen, trägt es denselben Namen wie das Blog und enthält 90 einfach nachzukochende Rezepte. Sie richten sich an Einsteiger der veganen Küche genauso wie an erfahrene Köchinnen und Köche.

Ob Alltag oder festlicher Anlass: „Simply vegan" bietet herzhafte Snacks, cremige Suppen und knackige Salate, Hauptspeisen, süße Desserts, Backwaren und Smoothies.

„Simply vegan" ist ein Buch für Blog-Fans genauso wie für Neulinge im Kochen ohne tierliche Zutaten.

Autoren, Konzept & Gestaltung:
Tamara Münstermann-Pieta & Sebastian Schwarz

220 Seiten
21,0 x 14,8 cm
Preis: 24,95 €
ISBN: 978-3946625032

Zur Bestellung:
veganverlag.de/shop

Flim Pinguin im Kindergarten

Flim Pinguin im Kindergarten ist das erste bedürfnisorientierte und ökologisch produzierte Buch zum Thema „Gelungene Eingewöhnung für Kindergartenneulinge“.

Für Klein und Groß zugleich geschrieben, verbindet es eine bebilderte Kindergeschichte und einen Brief an die Eltern. Dort finden sie wertvolle Hinweise zu den möglichen Ursachen schwieriger Anfangsphasen – und Tipps.

Eltern und Erzieher/-innen können Flim Pinguin ihren Schützlingen in einer behüteten Ecke oder im Kreis der gesamten Gruppe vorlesen. Die Form gereimter Strophen macht den Inhalt dabei besonders einprägsam und fördert die Aufmerksamkeit. Die Illustrationen verleihen Flims erster Kindergartenzeit Farbe und regen liebevoll die Phantasie an. So verinnerlichen die Kinder Flim Pinguins positive Erfahrungen und das Überwinden seiner Trennungsangst mit mehreren Sinnen.

Autorin: Sandra Schindler
Illustrationen: Sandra Seiffart

36 Seiten
15,3 x 15,3 cm
Preis: 9,95 €
ISBN: 978-3946625049

Zur Bestellung:
veganverlag.de/shop

Impressum

Für den **GrünerSinn-Verlag** ist Nachhaltigkeit ein wichtiger Maßstab seines Handelns. Deshalb achten wir auch bei der Herstellung ganz besonders auf umweltfreundliche, ressourcenschonende und schadstofffreie Produktionsweisen und Materialien. So wird holzfreies Papier verwendet und für die Druckproduktion werden nur erneuerbare Energien und reine Pflanzenölfarben verwendet.

© 2017 **GrünerSinn-Verlag**, Bad Lippspringe
Alle Rechte vorbehalten. Nachdruck, auch auszugsweise, sowie Verbreitung durch Bild, Funk, Fernsehen und Internet, durch fotomechanische Wiedergabe, Tonträger und Datenverarbeitungssysteme jeder Art nur mit schriftlicher Genehmigung des Verlages.

Text & Konzeption: Daniela M. Spitzer
Satz & Gestaltung: Karo Kelc
Lektorat: Nicole König
Herstellung: Christian Dolezal,
Grasl FairPrint www.grasl.eu

ISBN: 978-3-946625-66-7
1. Auflage 2017, **GrünerSinn-Verlag**
www.veganverlag.de

GrünerSinn-Verlag